書下ろし

闇《やみ》太夫《だゆう》

風烈廻り与力・青柳剣一郎⑨

小杉健治

祥伝社文庫

目次

第一章　凶雲

一

七草《ななくさ》が過ぎたが、正月気分も抜けきらず、奉行所ものんびりとしていた。

風もなく、柔らかい陽射しに、与力部屋ものどかな雰囲気《ふんいき》に包まれている。生《なま》あくびをしたり、つい居眠りをしたり、あるいはぼうとしている者もいる。昼下がりの、一番眠い時間でもあった。

玄関脇にある当番所は訴願に訪れた者の対応に追われているが、きょうは午後の吟《ぎん》味《み》もなく、吟味方の与力も穏《おだ》やかな顔をしていた。

お奉行もまだ城から戻らず、うるさ型の内与力の長谷川四郎兵衛《はせがわしろべえ》もさる大名の留守居役に呼ばれて出かけており、奉行所はいたって平和だった。

青柳剣一郎《あおやぎけんいちろう》が厠《かわや》から戻ると、さっき厠に行ったばかりの当番方の工藤兵助《くどうへいすけ》がまた厠に立った。座っていると眠くなるのであろう。初々《ういうい》しかった新任の頃の工藤兵助が皆を日本橋《にほんばし》の料亭に招いたときのことを思い出した。

宴がたけなわになると、工藤兵助のことなどすっかり忘れ、座は乱れ、芸者の三味線に合わせて卑猥《ひわい》な唄を口にする者、言い合いをはじめる者など、奉行所の人間とは思われぬ宴席になり、ついには奉行所内の大御所ともいうべき宇野清左衛門《うのせいざえもん》が裸踊りまでやり出したのだ。

もっとも、そういう乱れ方はそのときが特別だったかというとさにあらず、奉行所の連中の宴会はいつも破目《はめ》が外れるのだ。

あくびをかみ殺して、徒然《つれづれ》に、そんなことを思い出していると、ふと誰かの声が耳に届いた。

「今年やって来た鳥追《とりおい》は上玉だったな」

という声が聞こえた。

鳥追とは、鳥追女のことだ。

誰が言ったのか振り返ったが、声の主はわからなかった。あとの言葉が聞こえないのは、声をひそめたのだろう。

鳥追女からの連想で、剣一郎は伜《せがれ》の剣之助《けんのすけ》が夢中になった女太夫《おんなだゆう》のことを思い出した。これも、暇《ひま》だからだ。

木綿《もめん》の衣服に小倉《こくら》の帯、手甲《てっこう》をはめ、白足袋《たび》に東下駄。丸い菅笠《すげがさ》をかぶり三味線を抱えた女太夫はその卑猥な艶《つや》っぽさから若い男には人気がある。たいてい、女太夫がふたりと、木綿の着物を端折《はしょ》り、盲縞《めくらじま》の股引《ももひき》に麻裏草履《あさうらぞうり》を履《は》き、頭上に日笊《ひざる》を載《の》せた中年の男の三人で門付けに歩く。

この女太夫は正月の松の内は鳥追女として菅笠ではなく、韮山笠《にらやま》をかぶって、また別の趣《おもむき》があった。

しかし、その門付け芸人の女太夫のお鈴《すず》という女に剣之助が懸想《けそう》したのは、志乃《しの》という名の武家娘のことを忘れるためではなかったか。

なにしろ、相手の親が八丁堀《はっちょうぼり》の不浄役人の伜には娘はやれないと猛反対したらしい。泣く泣く別れたようだが、その後、その娘を忘れることが出来たのだろうか。

一度、そのことで剣之助と話してみようと思いながら、またあくびが出そうになった。どうもいけない。居眠りは伝染するのか、瞼《まぶた》が重くなった。

と、高積見廻《たかづみみまわ》り掛《かか》りの本多弁之進《ほんだべんのしん》の女のように甲高《かん》い声が耳に入った。

「木場《きば》の材木商『飛驒《ひだ》屋』がたくさんの材木を外に立てかけているので注意したら、さっそく片づけてくれた」

河岸《かし》などの往来に材木や木炭などを積み重ねている商家がある。盗難や危険防止のために積み重ねの高さや広さなどに制限があり、その違反の取締りをするのが高積見廻の掛かりである。

「そのことだが、きのう深川《ふかがわ》の名主から聞いたのだが、『飛驒屋』は材木を買い占めているらしいのだ」

市中取締諸色調掛《しちゆうとりしまりしよしきしらべ》りの沖村彦太郎《おきむらひこたろう》だ。巨漢で、野太い声なので、すぐわかる。

市中の商品の不当な値上がりを抑え、価格の取締りをする掛かりだ。

「ほう、買い占め」

本多弁之進が驚いたようにいう。

「何が目的で、材木を買い占めているのだろうな」

その話に加わったのは本多と同じ掛かりの平田郡兵衛《ひらたぐんべえ》だった。

どうやら、退屈紛《まぎ》れに、その話題に食いついたという感じだ。

剣一郎は聞くともなしに聞いていたが、材木の買い占めという話から、元禄《げんろく》期の豪商紀伊国屋文左衛門《きのくにやぶんざえもん》を思い出した。

紀州のみかんを嵐の中、船で江戸に運んで大儲《もう》けをし、さらに大火の折には材木を買い占めて富を得た人物だ。

まさか、飛驒屋が紀伊国屋文左衛門を真似《まね》ているわけではないだろう。そんなことを思っていて、剣一郎ははっとした。

「沖村さん」

剣一郎は振り返って、声をかけた。

「なんだ」

沖村彦太郎は剣一郎より年長で、四十歳になるが、どこか剣一郎に対して遠慮がちである。お奉行から厚い信頼を得、年番方の長である宇野清左衛門からも一目置かれ、若い与力や同心たちから尊敬の念をもたれている。そんな剣一郎が、朋輩《ほうばい》たちには眩《まぶ》しくもあり、嫉妬《しっと》にも似た気持ちもあり、複雑な思いにさせているのだろう。

だが、周囲は自分を実体以上によく見過ぎているのだと、剣一郎は思っている。若い頃、賊《ぞく》の中にひとりで乗り込んで行って受けた頬の傷が青痣《あおあざ》となって残っている。剣一郎は筋肉質の長身で、眉が濃く、涼しげな目をした穏やかな顔だちなのだが、左頬にあるこの青痣が精悍《せいかん》な印象を与えている。

まさに、その青痣は正義と勇気の象徴としてひとり歩きをし、人々は、剣一郎を青痣与力として称賛した。

そのことに忸怩《じくじ》たる思いを持っている。青痣には苦い思いがあるのだ。

「材木を買い集める理由を飛騨屋は何と言っているのですか」

剣一郎の眠気は覚めていた。

「名主の話では、そろそろ江戸でもあちこちで屋敷の建替えが行われる時期だからと言っていたそうだ」

「どこかで大きな普請《ふしん》の予定でもあるのでしょうか」

大名屋敷、あるいは神社仏閣など、大がかりな普請が近々予定されていて、その情報を何らかの方法でいち早く知り、買い占めに走ったのではないか。そうきいてみた。

江戸の豪商の中で、上位は材木商が占めている。江戸は材木の需要が大きく、材木商は幕府と結びつき、御用達《ごようたし》となって大きな利益を得ていたのだ。

そんな材木商の中にあって、『飛騨屋』は中以下の規模の店である。

「いや、そんな話は聞いていない。もし、そのような話があれば、他の材木商とて黙っていまい」

沖村彦太郎が答える。

剣一郎は腑《ふ》に落ちないが、さりとて強い疑いをはさむほどのものでもない。

考え過ぎなのかもしれない。風烈廻りとして、町を巡回して、火災の予防を呼びかけているせいか、火事に繋《つな》がることには神経が過敏になっている。

大きな普請の予定がないのに大量の材木を集めているのは、他の理由によって、江戸の町に材木の需要が大きくなると考えたからではないか。

他の理由……、言うまでもない。火事だ。

玄関のほうで、大きな声が聞こえたのは、訴人がやって来たのだろう。

見習の伜、剣之助が目の端に見えた。つつっと傍《そば》に近づいて来て、

「宇野さまがお呼びにございます」

と、傍《かたわ》らに跪《ひざまず》いて言う。すっかり大人びた剣之助を眩しく見つめ、剣一郎は頷《うなず》いた。

与力の役格は支配、支配並、本勤、本勤並、見習並びに無足見習に分かれている。本勤となればはじめて仕事が割り振られ、一人前だ。与力は同心もそうだが、転任もなく、生涯奉行所で与力として働いて行くことになる。

剣之助は長い与力人生がはじまったばかりである。

剣之助が去って行ってから、剣一郎は立ち上がった。

年番方の部屋に行くと、下役の同心たちが机に向かい、書類に書き込みをしている。

年番方というのは町奉行所全般の取締り、金銭の保管などを行う。年番方には三人

の与力に六人の下役の同心がいる。

年番方与力は最古参で有能な者が務めた。つまり、与力の最高出世が年番方である。その中でも、宇野清左衛門は長老格であった。

宇野清左衛門がいつものようにいかめしい顔で待っていた。

「お呼びでございますか」

「いや。たいしたことではないのだが」

宇野清左衛門は威厳《いげん》に満ちた顔を向けた。

宇野清左衛門は見習から数えて四十年近くも与力として働き、奉行所のことに通《つう》暁《ぎょう》しているだけでなく、江戸市中の隅々にまで通じ、さらに武鑑などもそらんじて大名だけでなく旗本の名前までが頭に入っているという人物だった。若い頃は吟味方で鬼与力として名を馳《は》せ、今は与力の最古参として役所内の一切に目を光らせている。

いつも威厳を保つように難しい顔をしているが、一度酒が入ると、人間が変わる。しまいには裸踊りを披露してしまうのだ。

その宇野清左衛門に剣一郎はことに目をかけられている。その清左衛門からの呼び出しだ。

宇野清左衛門は扇子《せんす》を持つ手を落ち着かなげに動かしている。よほど言い出しづらいことに違いないと、剣一郎は俄《にわか》に緊張した。

「宇野さま。なんなりと仰《おお》せくださいませ」

「うむ」

気難しい顔で唸《うな》ってから、清左衛門は意を決したように、

「じつはうちの奴がの」

と、急に小声になった。

「伽羅《きゃら》の油を買い求めたいと言うのだ」

「はあ」

拍子抜けして、覚えず剣一郎は気の抜けた返事をした。

伽羅の油とは鬢付《びんつ》け油のことだ。

「なんでも、本郷《ほんごう》で売り出されている『都忘《みやこわす》れ』というものが評判のようなのだ。ところが、京橋《きょうばし》では『都狂い』というものが発売されている。そこでだ。多恵《たえ》どのに、どちらがいいか、その見立てをするために買物に付き合ってはもらえぬかと、わしから頼んでみてくれと……」

清左衛門は気恥ずかしそうに目を逸《そ》らした。そういうときの清左衛門は好々爺《こうこうや》だ。

「そのようなことでございますか。わかりました。帰ったら、多恵に話しておきま

す」

多恵は剣一郎の妻女である。

剣之助とるいというふたりの子の母親であるが、清楚《せいそ》で美しいという評判だった娘時分とまったく変わらない容姿を保っている。

多恵は香道に通じており、香りにはうるさいほうだった。

香道とは、香りを楽しむことが基本であるが、希少な天然香木を研《と》ぎ澄まされた感性で判別するという、剣一郎にすれば神懸かり的なこともするのだ。多恵は娘の頃は香道の教場に通っていたと聞いている。今もたまに教場に出向いている。

「いや、買物にかこつけておるが、ほんとうは多恵どのに会いたいのだ。すまぬが、よろしく頼む」

宇野清左衛門はほっとしたように言う。

多恵は与力の妻として申し分のない女だった。剣一郎が奉行所で頭角を現してきたのも、あの妻女がいたればこそと周囲で言われている。

与力部屋に戻った。陽光の射す位置がだいぶ変わった。

与力の勤務時間は、朝四つ（十時）から夕方七つ（四時）まで。七つになり、いそいそと立ち上がる者が多くなった。

剣一郎は長い一日を終えた。一日が長いと感じられるのは、何事もなくそれだけ平穏だったという証《あかし》であり、喜ばなければならない。

継上下《つぎがみしも》、平袴《ひらばかま》に無地で茶の肩衣《かたぎぬ》、白足袋に草履を履き、剣一郎は槍持、草履取り、挟箱持、若党らの供を従えて、奉行所を出た。

剣之助はまだ残っていた。

比丘尼《びくに》橋を渡り、京橋川の河岸を伝い、それから楓川《もみじがわ》に沿って歩く。夕方になって、風が冷たくなった。

楓川を新場《しんば》橋で渡ると、八丁堀になる。剣一郎の組屋敷は北島《きたじま》町にある。

組屋敷の冠木門《かぶきもん》を、若党の勘助《かんすけ》が一足先に潜《くぐ》って、「おかえり」と奥に向かってよく通る声で報《し》らせる。

剣一郎が冠木門を潜り、小砂利を敷いた中を玄関に行くと、式台付きの玄関に多恵と娘のるいが出迎えた。

玄関に妻女が出て来るのは八丁堀の与力だけである。八丁堀以外の旗本では奥方はまさに奥の役目だけを負っているのであり、玄関への送り迎えは用人がする。

しかし、八丁堀の与力や同心には、そのような煩《わずら》わしい仕来《しきた》りはない。

その夜、剣一郎は夕餉《ゆうげ》を済ませ、居間に戻ったあとで、多恵に言った。

「宇野さまから、ご妻女の買物に同道してもらえないかと頼まれたのだが」

多恵は丸髷《まるまげ》に結い、化粧をして眉を剃り、歯を染めている。与力の奥方としての威厳が、多恵を気高いものにしていた。

「わかりました。明日にでも、宇野さまのお屋敷に使いを出してみます」

「うむ。頼んだ」

剣一郎は手焙《てあぶ》りに手をかざして、

「夜になると、まだ冷えるな」

すると、娘のるいがやって来た。

「父上。雪です。雪が降ってきました」

るいもだんだんおとなびて美しい娘に成長していく。嫁に行くまで、何年もない。

そう考えた瞬間、剣一郎はうろたえた。

覚えず、「だめだ」と声を発していた。

「何が、だめなのですか」

多恵に問われ、剣一郎ははっとした。

「何か、言ったか」

「はい。だめだ、と。そのときの顔がとても切なそうでした」

「いや。別に」

あわてて言い、ふと見ると、るいの姿が見えなくなっていた。

「るいは？」

「お部屋に戻りました」

「そうか。気づかなかった」

「まあ」

多恵が呆《あき》れたように笑った。どうやら、るいが引き上げの挨拶《あいさつ》をしたとき、剣一郎もそれに応じていたようだ。

「ひょっとして、るいが嫁に行く日のことをお考えになっていたのではありませぬか」

多恵の勘の鋭さは見事なものだ。

剣一郎は何も答えられなかった。

「いつか、その日は来ますよ。そろそろ覚悟を固めませぬとね」

多恵がからかうように言った。

「なに、るいにそんな話があるのか」

「まだ、ありませぬよ。でも、るいは今年で十四歳ですからね。早ければ、あと二、三年で」

「二、三年か」

「でも、今度は剣之助がお嫁さんをもらいます。新しい娘が出来るじゃありませぬか」

「そういうものではない」

剣一郎はむきになって言った。

そういえば、最近、剣之助はときどき思い悩むようにぼんやりしていることがある。何かあったのかと、気になった。相変わらず場末の岡場所に通っているようだが、志乃という娘、それに女太夫のこともある。まさか、また新しい女が現れたわけでは……。

障子を開けて庭を見ると、白いものが降り注いでいた。昼間、あれほど暖かかったのにと、天の気まぐれに閉口したが、細かく舞う雪は美しかった。

二

数日後の非番のおり、浪人笠をかぶって、剣一郎は木場に行ってみた。

明暦の大火のあと、幕府は江戸に散在していた材木商にこの地を払い下げて、木場と名づけたのだ。

この地に移った材木商たちは自費で掘割を造り、橋をかけ、材木の運搬と貯蔵に便利な材木置場を設けたのだ。

その材木商の一つが『飛騨屋』である。十幾《いく》つかある材木商の中で、大きさで言えば、『飛騨屋』は真ん中より下に位置するが、それでも大きくやっている店だ。

材木を積んだ船が掘割に入って来た。材木商は駿河《するが》・遠州《えんしゅう》・伊勢《いせ》・紀州《きしゅう》・尾張《おわり》の各地から材木を船で運んで来るのだ。

通りがかりの印半纏《しるしばんてん》を着た職人をつかまえて、

「あの倉庫はどこのものだな」

と、船が着いた場所に目をやってきいた。

「へえ。あそこは『飛騨屋』さんです」

確かに、他に比べても材木の量が多い。

「『飛驒屋』の評判はどうだね」

「へえ。あそこは旦那《だんな》が出来たお方ですからね。あのお屋敷に何度か仕事で行きましたが、気持ちよく仕事をさせてもらいました」

男は大工だと言う。

近くの酒屋に入って、『飛驒屋』の評判を訊《たず》ねたが、「飛驒屋さんの悪口を言うひとはいないと思いますよ」という亭主の言葉だった。

今の主人は元番頭だった男で、『飛驒屋』に婿《むこ》入りしたのだという。

いちおうの予備知識を仕入れ、剣一郎は『飛驒屋』に向かった。

近づくに従い、威勢のいい掛け声が聞こえてきた。材木を大八車で運んでいるのだ。

『飛驒屋』の建物はいたって質素な感じがする。外から見れば質素でも、中は贅《ぜい》を尽くしているかもしれない。

剣一郎は『飛驒屋』の店先に立った。店は活気があった。笠をとって土間に入ると、帳面を持った番頭ふうの男と法被《はっぴ》を着た男たちでごった返していた。

番頭ふうの男が剣一郎に気づいて近寄って来た。

「失礼ではございますが、青柳さまでいらっしゃいましょうか」

「いかにも。ご主人を呼んでもらいたい」

「はい。かしこまりました」

青痣を見れば、青痣与力と呼ばれている与力だとすぐにわかるほど、剣一郎の名は江戸一帯に轟《とどろ》いているのだ。

少し待たされてから、中肉中背で、均整のとれた体の男がやって来た。四十を一つか二つ過ぎているか。

「飛騨屋惣五郎《そうごろう》でございます」

物腰柔らかく、飛騨屋は挨拶《あいさつ》した。

「八丁堀の青柳剣一郎と申す。このような姿でわかると思うが、役向きのことではない。あくまでも個人的な興味から少しききたいことがあるのだ」

「さようでございますか。では、こちらへ」

通り庭から庭に出た。ひなびた風情《ふぜい》の枯山水《かれさんすい》の庭が見事だったが、金に飽かしたという感じはなかった。

成り上がりの豪商にありがちな、これみよがし的な華美さではない。財力はあっても、分を弁《わきま》えている感じがした。ひとを威圧するとか、己《おのれ》の財力を誇示するようなところはどこにもなかった。身の程を知っている奥ゆかしさがあった。もっとも、そう装っているのかもしれないが、剣一郎にはそうは思えなかった。

母屋の横に離れがあった。飛騨屋はそこに向かった。離れの雨戸は開いていた。

「青柳さま、どうぞ」

「いや。わざわざ上がる必要もあるまい。すぐ終わる話だ」

材木を買い占めている理由をきけばいいだけのこと。もっとも、ほんとうのことを言うかどうかは別だが。

「さようでございますか」

「うむ。じつは、そなたが材木を買い占めていると聞いた。その理由を聞かせてもらいたいと思ってな」

「そのようなことでございましたか」

飛騨屋はふと笑みを浮かべ、

「これは商売上の秘密というわけではなく、たいしたことではありませぬ。私も商売上、江戸中の建物を見てまわっております。すると、いくつも建替えを必要とするようなお屋敷が見つかりました」

堂々と受け答えをしたが、どこか面映《おもはゆ》そうな表情をした。この男は、少なくともあくどい人間ではない。剣一郎はそう思った。

「じつは」

と言いかけて、何か飛驒屋が言い澱んだ。

「何かな……」

「何でもありませぬ」

嘘をつくのではない、ただ、人に語れぬ事情が何かあるようだ。

「申し訳ございません」

去るとき、飛驒屋がすまなそうに頭を下げた。

帰りは三十三間堂《さんじゅうさんげん》前から永代《えいたい》寺のほうに足を向けた。晴れた空に凧《なこ》が上がっている。剣之助が幼少の頃、いっしょに凧を上げたのを思い出した。

富岡八幡《とみがおかはちまん》宮の鳥居の前に差しかかったとき、その参道から武家の妻女と娘、それに供の女中らしい三人連れの女が出て来た。

何気なく見た妻女に、剣一郎は目を奪われた。そのとたんに、頬に痛みを覚え、手をやった。青痣が疼《うず》いたのだ。

（おりくどの）

剣一郎は呟《つぶや》いた。

あれから二十年近く経ち、りくもそれなりの年齢になっている。りくは亡き兄の許嫁《いいなずけ》だった。

最後に、りくから言われた言葉が剣一郎の胸に杭のように突き刺さったまま抜けなかった。

兄が亡くなって数年後、りくが別の男の所に嫁ぐことになって父と母に挨拶にきた。その帰り、廊下で出会った剣一郎に、りくが浴びせたのだ。

「あなたの心の奥に兄上が死んでくれたらという気持ちがあったのではありませんか。あなたはわざと、助けに入らなかったのです」

違う。俺はほんとうに怖くて助けにいけなかったのだと反論しようとしたが、剣一郎は言葉が出なかった。

兄は十四歳で与力見習として出仕した。有能さは誰からも認められていた。それほどの逸材であった。常に兄と比較されていた剣一郎は元服後、自分の生きていく道が閉ざされていることを知った。武士としてやっていくには、どこかに養子に行くしかない。

そんなときに、あの事件が起きたのだ。

剣一郎が十六歳のときである。兄と外出して帰りが遅くなったとき、目の前にある商家から飛び出して来た強盗一味と出くわしたのだ。与力見習だった兄は剣を抜いて対峙《たいじ》した。が、剣一郎は足が竦《すく》んで動けなかった。道場では兄に肩を並べるほどの腕前であるのに、真剣を目《ま》の当たりにして心臓が萎縮《いしゅく》してしまったのだ。

兄は強盗を三人まで倒したところで四人目に足を斬られた。うずくまった兄に四人目の浪人が斬りかかろうとした。助けに入らねばと思いながら、剣一郎は剣を抜いたまま立ちすくんでいた。

目の前で兄が斬られた。それを見て、剣一郎は逆上して浪人に斬り付けていった。兄を斬った刀で浪人は剣一郎に向かってきたが、剣一郎は夢中で腰を落として相手の胴を払った。

そこにようやく町方が駆けつけてきた。剣一郎は兄に駆け寄った。兄は苦しい息の下から何かを言おうとした。が、言葉を伝えぬまま事切れた。

兄の非業の死に父と母は悲嘆の涙に暮れた。なぜ、あのときすぐに助けに入れなかったのか。剣一郎が加勢をすれば兄は殺されずにすんだのだ。

その後悔が剣一郎に重くのしかかった。兄に代わって家督を継ぎ、与力になってからも、剣一郎はそのことで苦しんだ。恐怖感があったとはいえ、兄の危機に際し、本能的に体が反応し、助けに入るのが剣の修行をしている者にとっては当たり前のことだったのではないか。

そんなときにりくから激しい言葉を浴びせられたのだ。ひょっとして、俺の心の中に兄の死を願う思いが生じていたのか。いつしか、そう考えるようになっていたときに、捕物出役があったのだ。

この痣を受けた押込み事件のとき、剣一郎は単身で賊の中に踏み込んで行った。なぜ、あのような無謀な真似《まね》が出来たのか。

剣一郎は自暴自棄《じぼうじき》になっていたのだ。決して、剣一郎が正義感に燃えた勇気ある人間だからではないのだ。

ある意味では、この青痣は自分の弱さの証だったのかもしれない。

はっと我に返ると、りくは町駕籠《かご》に乗って去って行った。

隣にいたのはりくの娘かもしれない。もし、兄が生きていたら、りくは与力の妻として八丁堀に住んでいたのだ。そして、その娘は兄の子ということになる。

どちらの道を歩んだほうが、りくにとって幸せだったかはわからない。が、今のりくは剣一郎の目に幸せそうに映った。

数日後、正月十六日。丁稚《でっち》奉公の藪《やぶ》入りである。

子どもは三、四歳頃から職人になる者は親方のもとに、商人になる者は商家に丁稚奉公に出る。年季は十数年。この間、正月十六日と七月十六日の藪入り日にだけ親元に帰れるのだ。

浅草《あさくさ》にも、木綿綿入れを尻端折りし、千種色の股引に白足袋の、藪入りで遊びに来たらしい子どもたちが目立った。

何人も固まって行動し、おとなの連れがあるのは、遠国から奉公に来た小僧たちなのだろう。親元に帰れないので、こうして店の者に遊びに連れて来てもらうのだ。奥山《おくやま》で、芝居見物でもするのだろうか。

風の強い日である。このような日は、風烈廻り与力の剣一郎は同心の礒島源太郎《いそじまげんたろう》と只野平四郎《ただのへいしろう》を伴い、見廻りに出る。

田原町《たわらまち》から稲荷町《いなりまち》を通って上野山下《うえのやました》から湯島《ゆしま》にやって来たが、その間、何度も土煙に襲われては目を伏せ、手をかざしては立ち止まった。

「すごい風ですね」

突風が収まってから、只野平四郎が目をこすりながら言う。

この季節、北から北西にかけて強い風が吹き、一度火災が発生すれば大惨事になる。ことに、明後日十八日は明暦の大火の起こった日でもあり、無意識のうちに注意が喚起されるのだ。

なにしろ、明暦の大火は江戸の町家の三分の二を焼き、死者十万人以上という大惨事であった。

二度とそんな火事を起こしてはならない。

「こんな日に火事が起きたら、材木商は儲《もう》かるでしょうけど」

「大工だって、仕事が増えて大喜びだろう。だが、泣く人間がたくさん出る」

礒島源太郎が言い返している。

ふたりの会話を耳にし、剣一郎はふと飛騨屋のことを思った。

飛騨屋が、材木を買い占める理由として挙げたのは、江戸中の建物を見てまわって、いくつも建替えを必要とするような屋敷が見つかったというものだった。

しかし、飛騨屋は何か言い澱んでいた。

いったい、それは何なのか。冬場から春先は火事の多い季節だ。まさか、火事のことでは……。

「青柳さま、どうかなさいましたか」

北風の吹く方角を睨《にら》み付けていたので、礒島源太郎は不審に思ったらしい。

「いや、この風は夕方までには落ち着くだろう」

あわててごまかしたが、礒島源太郎と只野平四郎は顔を見合わせてほっとした表情をみせた。剣一郎の勘が外れることはないと、ふたりは思っているのだ。

剣一郎は風烈廻りの掛かりになってから、風に対して興味を持つようになっていた。見廻りのとき、常に風向きや風の強さを考えた。

冬は北ないし北西の風が多く、夏は南ないし南東の風が多い。もっとも、そのようなことは先人は先刻承知のことであり、江戸の家屋は南北に風が吹き抜けるように建てられている。

剣一郎は雲を見る。雲を見て風の出を判断する。だが、これとて釣り人からの聞きかじりであった。

そこに、剣一郎の勘を加えての予想をしているのだ。

再び、一行は歩き出したが、剣一郎の脳裏から飛驒屋のことは消え去らなかった。

それから二日後。剣一郎は、見廻りに行くと称して、同心の礒島源太郎と只野平四郎と共に奉行所を出たが、途中で別れ、木挽《こびき》町の船宿から船を出し、三十間堀川から京橋川に抜けて隅田《すみだ》川に出た。

飛驒屋が言い澱んでいたことが気になってならなかった。それは、ふつうだったらあっさり見過ごしてしまうことであろう。だが、役目がらか、火事に関係しているかもしれないと思うと、落ち着かないのだ。

考え過ぎかもしれないと思うが、万が一ということもある。風烈廻りは、過失や付け火による火事を未然に防ぐために見廻りをするのだ。火事が起こってからでは遅い。ともかく、自分自身を納得させたいのだ。

隅田川から油堀に入る。河岸には飴屋や願人坊主《がんにんぼうず》などが歩いている。

富岡橋を潜《くぐ》ると、永代寺と富岡八幡宮の裏手を通る。すると、先日、富岡八幡宮前で見かけた亡き兄の許嫁りくの顔が蘇《よみがえ》った。

りくがどのような家に嫁いだのかは聞いていないが、落ち着いた風情から幸せな暮らしを送っているように思えた。もう、兄のことも剣一郎のことも忘れているだろう。

しばし、りくのことに思いを馳せているうちに、材木置場が見えてきた。

剣一郎は適当な所に船をつけさせた。

『飛騨屋』の店先に立った。前回は浪人の姿だったが、今回は着流しに巻羽織で、小者こそ連れていないが、八丁堀独特の恰好《かっこう》だ。

取次ぎに行った番頭が戻ってから、しばらくして飛騨屋がやって来たが、緊張した顔である。

「たまたま、このような恰好をしているが、役儀ではない。先日の浪人者のおつもりで結構」

剣一郎は断わった。

が、そうは言っても、飛騨屋は硬い表情を崩そうとせず、剣一郎を離れ座敷に誘った。

「いや、すぐ終わる話だ」

前回同様、立ち話ですまそうとしたが、飛騨屋は真顔で、

「いえ、お話が長引くやもしれませぬ」

と、なおも離れ座敷を勧めた。

「わかった」

前とは違う雰囲気を感じ、剣一郎は飛騨屋のあとに従った。

ひんやりした離れの玄関に入り、式台を上がる。板敷きの間の向こうに座敷があった。

部屋の真ん中に手焙りが用意されていた。火を入れて間がないようだ。

「かような場所にご案内したご無礼をお許しください」

飛驒屋は腰を折った。

「いや。なかなか情趣のある庭だ」

「恐れ入ります る」

障子の向こうで声がした。女中が茶を運んで来たのだ。

女中が去ってから、

「さて、飛驒屋。きょうは、材木を買い占めているほんとうの理由を教えてもらいたいと思いやって来た。この前、何か言いたそうに思えたが」

剣一郎は言い逃れは許さぬという覚悟を見せつけるように強い調子で切り出した。

「そのつもりでございます」

素直に頷いた飛驒屋は、剣一郎を見たときから覚悟を決めていたようだ。

「ほんとうのことを話しても信じていただけるかどうか、わかりませんでしたので、先だっては、あのように申し上げました」

「信じる?」

「ご不審に思われるのももっともだと存じます。青柳さま。どうぞ、お聞きくださ い」

そう言って、飛驒屋は事情を語り始めた。

「去年の七月頃でございます。私がさるお大名のお屋敷にご普請のことで参上した帰りのことでございました」

飛騨屋はふと、そのときのことを思い出したかのように目を細めた。

三

七月の半《なか》ば、夕方になって初秋の風が強くなった。

小石川《こいしかわ》から町駕籠《かご》に乗り、飛騨屋惣五郎は両国《りょうごく》橋を渡り、竪川《たてかわ》沿いを二の橋に差しかかったときだ。

橋の手前の柳の木にすがりついて苦しそうにしている男を見つけた。白髪《しらが》混じりで、粗末な身形《みなり》の五十前後と思える男だった。

惣五郎の注意を引いたのは、その男の背格好が亡き父親に似ていたからだ。

惣五郎の父親は飛騨の国の出で、江戸の材木商の丁稚から手代にまでなった人間だった。ところが、同じ店の女中と恋仲になった。奉公人同士の色恋沙汰《ざた》を禁じている店の法度《はっと》を破ったことで、ふたりは暇《ひま》を出された。

それから、父は材木の知識を生かし、一匹狼的に、材木の仲買人になった。そういう中で、その女中は子を産んだ。それが惣五郎だった。

駕籠でそのまま行き過ぎ掛けたとき、その男が柳にすがったまま足元から崩れ落ちた。

「駕籠屋さん。止めてくれないか」

見かねて、惣五郎は駕籠かきに大声で叫んだ。

駕籠を下り、惣五郎は倒れた男の傍に行った。やつれた顔に大きな目と鼻が目立った。

「どうしましたか。しっかりしなさい」

男の肩に手をかけたとき、熱いことに気づいた。男の額に手をやると、熱湯に触れたような熱さだった。口が汚れているのは血を吐いたようだ。

駕籠かきに手伝わせ、男を屋敷に運んだ。惣五郎はそこから木場まで歩いた。

屋敷に着くと、駕籠かきに男を離れまで連れて行ってもらった。

「ごくろう」

「旦那も物好きですね」

酒手《さかて》を弾むと、駕籠かきが笑った。それは半ば揶揄《やゆ》したものだったが、惣五郎はそうかもしれないと思った。

男は医者の手当てを受けたあと、眠り続けた。熱にうかされ、何度かうわ言を口にした。

「おとせ……」

その名だけがはっきり聞こえた。

男は三日後に意識を取り戻した。長兵衛《ちょうべえ》と名乗ったが、他に何も語ろうとしなかった。もっとも、まだ口をきくのさえ辛《つら》そうだった。

男を見て、父親を思い出さなかったら、助けたりはしなかっただろう。父親に似ていたから、すぐに冬木《ふゆき》町の医者桂順《けいじゅん》を呼び、手当てしてもらったあとも、離れで養生させたのだ。

惣五郎は五歳のときに父との縁で『飛驒屋』に丁稚奉公に出た。そこから手代、番頭になり、『飛驒屋』の先代に見初められて娘婿に納まったのである。今、自分がこうしてそれなりの材木商の旦那《だんな》としてやっていけているのも、もとはと言えば父の人徳があったればこそなのだ。

だから、惣五郎は父に似た男の面倒を見た。高価な薬を使うことも厭《いと》わなかった。

その男は胃を患《わずら》っていた。胃の中に、何か出来ているらしく、その腫《は》れ物が切れて吐血《とけつ》したらしい。労咳《ろうがい》ではないので、ひとにうつる心配はなかった。医者はもし、あのとき助けなかったら、確実に死んでいただろうと言った。

それから数日後に、惣五郎は男から硯《すずり》と紙を頼まれた。

翌日、枕元に行くと、男が言った。

「すっかりお世話になって申し訳ありません。なおも厚かましいのですが、深川南《みなみ》六軒堀《ろっけんぼり》町の次郎衛門店《じろうえもんだな》に住む弥八《やはち》という男にこの手紙を届けていただけませぬか」

なるほど、あの日はそこに行くところだったのだな、と惣五郎は合点した。

「承知いたしました。ご返事をいただいて参りましょうか」

「いえ、渡すだけで……」

男は苦しそうに息をあえがせた。

使いの者を行かせてもよかったが、弥八に会えば、この男のことが何かわかるかもしれないと思った。

翌朝、惣五郎は深川南六軒堀町の次郎衛門店を訪ねた。

長屋木戸を入り、井戸端で喋《しゃべ》くっている女房連中に声をかけて、弥八の住まいを教えてもらった。

何の仕事をしているかわからないので、もう出かけたかもしれないと思ったが、弥八はまだ家にいた。

「ごめんくださいな」

　腰高障子を開けて中に呼びかけた。

　暗がりでごそごそ音がして、天窓の明かりが射し込む上がり框《がまち》に出て来たのは細面につり上がった目と妙に高い鼻が特徴の少し崩れた感じの男だった。歳の頃は三十二、三か。

「弥八さんですか」

　惣五郎は敷居をまたいできいた。

「私は木場で材木商を営む『飛驒屋』の惣五郎と言います。弥八さんは長兵衛というお方をご存じですか」

「何かあったのか」

　弥八はやっと声を出した。

「じつは長兵衛さんは病に倒れ、今私どもの家の離れで養生をしております。その長兵衛さんからこれを預かって参りました」

　弥八は黙って手紙を受け取り、すぐに開いた。

　読み終えた手紙を丸め、懐《ふところ》に仕舞った。

「もし、お会いなさるのでしたら、いつでも木場の『飛驒屋』までお訪ねください」

「そのうち行く」

弥八が表情を変えずに言う。

「長兵衛さんはどこのお方なのでしょうか」

何か言ったが、聞こえなかった。それ以上訊ねるのははばかられた。

口数の少ない男だ。ほんとうに知らないのか、言いたくないのか、判断はつかない。それだけでなく、それ以上の質問を拒否するように、

「すまなかった」

と、さっさと追い返そうとする素振りが見えた。

「長兵衛さんも会いたがっていると思いますので、ぜひ『飛驒屋』までお越しくださ い」

惣五郎は念を押すように言い、

「何かお言づけは?」

と、さらにきいた。

「ない」

弥八はもう用は済んだとばかりに奥に引っ込んだ。

なんとなく不快だったが、惣五郎はそれ以上の口出しをすることもないと引き下が

り、弥八の家を出た。

長兵衛が起き上がれるようになるまで、さらに二十日近くかかった。その間、弥八は一度も訪ねてこなかったし、長兵衛も弥八のことを口にすることはなかった。

長兵衛は窶《やつ》れた顔をしているので、大きな目がよけいに大きく見える。鼻も高くて大きい。

少しずつ食欲も出て来たようで、医者はまずは一安心と言ったが、いつまた再発するかもしれないと暗い表情で言った。

九月のある日、惣五郎が離れ座敷に行ってみると、長兵衛がふとんから起き上がっていた。

惣五郎の姿が目に入ると、緩慢な仕種で居住まいを正そうとした。

「いや、そのまま。お楽に」

惣五郎は声をかけた。

助けた当座は窶れて頬骨《ほおぼね》が突き出て眼も落ち窪《くぼ》み、土気色の顔は髑髏《どくろ》に僅《わず》かに肉がついているという感じだったが、ようやく人間らしい顔になって来た。もっとも、ときどき光を放つ鋭い眼は最初から変わらなかった。

「いろいろありがとうございました。このご恩、一生忘れはしませぬ」

体はまだだるそうだが、背筋をしゃんと伸ばし、改まって丁寧に辞儀をした。

「何を言いなさるか。困っているときはお互いさま。ところで」

と、惣五郎は真顔になって、

「私のほうはいつまでも養生していただいて構いませんが、いつぞや弥八というひとにお知らせしましたが、長兵衛さんにはご家族なり、ご親戚はおありなのですか。あれば、さぞご心配していることでありましょう。もし、必要なら、使いを差し遣わせますが」

「お心遣い痛みいります。じつは、家族は故郷におります。いたずらな心配はかけたくありませんので、そっとしておこうと思います」

「そうですか」

ふと、惣五郎は思い出して、

「じつはうわ言で、おとせとかいう名を口にしておられました。おとせというひとは？」

長兵衛の顔色が、一瞬、変わった。

「そうですか。そんなうわ言を。じつは、昔、茶屋の女に産ませた子です。一度も会ったことがないんですよ」

「娘さんは江戸に？」

「さあ、わかりません」

「探さないのですか」

「いえ、もう、いいのです」

なんとなく釈然としなかったが、惣五郎は強いてそれ以上は深入りしなかった。

身につけているものはみすぼらしく荷物の中に金目のものはなかったが、決していやしいという印象は受けなかった。

一本芯《しん》の通った強さのようなものを感じた。ひょっとしたら、今は町人でも、元は武士だったかもしれないと思わせる何かがあった。

それから、夜などそっと離れの様子を見ると、長兵衛は毎晩のように空を見上げていた。月夜でも月のない夜でも、雨の日以外は夜空を見ていた。望郷の念だろうか。

「いつまで、離れのひとを置いとくつもりですか」

妻や番頭などからは、あんな病人の世話をいつまでする気なのですかと不平を言われたが、惣五郎は聞く耳を持たなかった。

もし、行くところがなかったら、うちで働いてもらってもいいとさえ、考えていた。

十月に入ったある日、長兵衛を訪ねて、弥八がやって来た。手紙を渡して以来、はじめてである。弥八は四半刻（三十分）ぐらいで引き上げた。

その翌日だった。女中から長兵衛が呼んでいると知らされ、惣五郎は離れに行った。すると、長兵衛が着替えをし、部屋の真ん中で畏《かしこ》まっていた。

「長兵衛さん。これは何事ですか」

惣五郎は驚いてきいた。

「ご亭主。お世話になりましたが、私はきょうここを出て参ります」

長兵衛は静かに言った。

「なにを仰《おつしや》るのですか。まだ、完全には治りきってはおりません。せめて今年一杯は、いや陽気がよくなる頃まで」

「江戸の者は冷たい人間ばかりだと思っておりましたが、あなたのような方がいたとは驚きです。ご亭主のご恩は一生涯忘れはしません。このとおりでございます」

長兵衛は深々と頭を下げた。

「さあ、そんなことより、どうぞ思い止まってくださりませぬか」

「お言葉ありがたく身にしみ入ります。ですが、私はどうしても行かねばならないところがあります」

「行かねばならないところ？」

惣五郎は納得いかず、

「弥八さんのところですか」

「いや。あの者は単なる使い」

「どこですか。私がそこに代わりに行って来ましょう」

「命を助けてもらった上に、そこまでしてもらうわけにはいきませぬ。ご亭主。どうぞ、我がままをお許しくだされ」

長兵衛は畳に手をついた。

「そうですか。わかりました。名残《なごり》おしゅうございますが、そうまで仰られるなら、いたしかたありませぬ。でも、どうかお医者さまにはおかかりください」

「わかりました」

「で、いつ発たれますか」

「早いほうがよいと思いますので、これから」

「それはまた急なことで。ちょっとお待ちください」

惣五郎は立ち上がり、いったん母屋へ行った。

そして、再び離れに戻り、長兵衛の前に懐紙に包んだ小判を置いた。

「どうぞ、これを薬代の足しにしてください」

「ご亭主。そこまで」

長兵衛は目に涙をためた。

「命を救っていただき、養生までさせていただいた上に、このようなことまで」

「気にすることはありませぬ。どうぞご達者で」

父と似ていると思ったが、時間が経つにつれ、まったく似ていないことに気づいたものの、長兵衛に親しみを覚えてきただけに、名残惜しいと言ったのはほんとうの気持ちだった。

涙を拭《ぬぐ》ってから、長兵衛が顔を上げた。

「ご亭主。あのとき助けていただかなければ私の命も終わっていたでしょう。なんと感謝申し上げていいかわかりません。御礼をしたいが、今の私には何もすることが出来ませぬ。御礼代わりといってはなんですが、私からご亭主にある助言を差し上げたいと思います」

「助言、ですか」

惣五郎は訝《いぶか》しくきき返した。

「私は天文学と易学をかじったことがあります。徒然《つれづれ》なるままに、私は毎夜、空を見上げておりました。すると、五日前のことでございました。西の空に赤く燃えるような星が出ておりました。が、見る間もなく、星は消えてなくなりました。ところが、翌日の夕方から妙に赤い雲が張り出しておりました。その雲は三日間、同じように赤く染まって現れ、四日目からは見えなくなりました」

惣五郎はぽかんとしてきいていたが、次の言葉に仰天した。

「あの雲は凶雲にございます。ここ数ヶ月以内に、江戸に大惨事が起こります」

「何が起こるのですか」

惣五郎は震えながらきいた。

「火の玉が降ります」

「火の玉が降る？　それはどういうことでございましょうか」

「それ以上は言えません。ただ、もし材木を買い占めておられたら……。いや、これは不謹慎なことを」

「まさか、火事になると仰るのですか」

火事が起きれば、材木の需要が増す。材木を大量に仕入れておけば、莫大な利益を得られるかもしれない。

しかし、火事を期待して商売など出来ようか。他人の不幸によって手に入れた金など身につかん。父がよく言っていた。

長兵衛は目を閉じ、そしてゆっくり開けた。

「材木買い占めのことはともかく、もし市中に身内なり、知り合いがいるなら、避難させたほうがよろしいかと思います」

「それは信憑性《しんぴょう》があることでございましょうか」

「我が祖父は無名の易学者でありました。その祖父が持っている記録によりますと、明暦《めいれき》三年（一六五七）の振袖火事、いわゆる明暦の大火の数ヶ月前に、同じ雲が出ていたそうにございます」

俄《にわか》に信じかねた。しかし、長兵衛のどことなく仙人めいた風貌が惣五郎の心を惑わせた。もし、それが当たっていたら……。

「ご亭主。この話を信じる信じないは別として、絶対に他言されぬように申し上げます。いたずらな混乱を招くやも知れませぬ。ましてや、材木を買い占めておくというのであれば、なおさらご自分ひとりの胸に秘めておいてくだされ」

「わかりました」

不可解な予言を残して、長兵衛は去って行った。

四

陽射しが変わっていた。話を聞き終え、剣一郎は不思議な気分に襲われていた。

（数ヶ月以内に、江戸に大惨事が起こる）

まさか。凶雲などと、そんなものがあるのか。

長兵衛という男は、そんな作り話で飛騨屋をたぶらかしたのだろうか。しかし、どうしてそんな嘘をつく必要があるのか。偽りだとしたら、恩人である飛騨屋を騙《だま》す長兵衛の心根がわからない。

その長兵衛は世を騒がせ、人々を惑わす不逞《ふてい》の輩《やから》なのか。しかし、それならなぜ飛騨屋だけに凶雲の話をしたのか。あるいは、どこか別の所でも話をしているのか。

「他の材木商はこの話を知らないのだろうな」

「もちろん、知りませぬ」

飛騨屋が嘘をついていることも考えられなくはないのだが、剣一郎にはそうは思えなかった。また、買い占めの理由に、そのような嘘をつく必要はない。

長兵衛という男が二ヶ月余り、ここの離れに逗留《とうりゅう》していたことは間違いない事実だ。家人や女中やらに目撃されているからだ。

「飛騨屋、そなたは長兵衛の話を真《ま》に受けたのか」

「今でも半信半疑でございます。ただ、長兵衛さんの目に偽りはありませんでした。私への恩を本気で返そうという思いがはっきり伝わってきましたから」

確かに、長兵衛が飛騨屋に嘘をつく理由がない。

「材木の買い占めはまだ続けるのか。それでは、何か惨事を待ち望んでいることになりはしないか」

飛騨屋ははっとしたように顔を上げた。

「だが、何事もなければ、そなたの商売に相当の影響が出よう」

「はい。『飛騨屋』が立ち行かなくなる可能性があります」

「それでも、まだ買い占めは続けるというのか」

「正直、迷っております」

剣一郎は微《かす》かな戸惑いを覚えた。

「この話。他に誰かにしたか」

「いえ、青柳さまがはじめてでございます」

「長兵衛の行き先はわからないのだな」

「はい」

「深川南六軒堀町の次郎衛門店に住む弥八は知っておろう」

「ところが、弥八は今、そこにおりませぬ」

「いない？」

「はい。去年の暮れ、長兵衛さんのことが気になり、弥八を訪ねました。すると、弥八はどこかへ引っ越しておりました」

「なぜだ」

剣一郎は呟いた。

「長兵衛と弥八の人相風体を教えてもらえぬか」

「はい。長兵衛さんは五十前後、痩《や》せておりますが、背は高い方。頬骨が突き出て、目が落ち窪んでおりますが、大きく、特に鼻がまるで何かをくっつけたように高くて大きかったのが印象に残っております。弥八は三十二、三でしょうか。中肉中背、遊び人ふうでした。とにかく口数が少なく、陰気な感じでした」

「長兵衛の病気は完全には回復していなかったのか」

「はい。桂順先生からはまだ養生が必要だと言われておりました。いいえ、回復の見込みのない病気だということでした」

「ここにいる間、長兵衛を訪ねてきたのは弥八が一度だけか」

「はい、他にはどなたも」

「長兵衛とは不思議な男だな」

剣一郎はまだ見ぬ長兵衛の姿を思い浮かべようとした。

「確かに。私は仙人ではないかと思ったこともございます。それは冗談ではございますが、もし長兵衛さんの言うことが正しかったらどうでしょうか」

「凶雲なんてありえない。明暦の大火のとき、そのような雲が出ていたとは聞いたことがない」

聞いたことがない、と言い切ったが、剣一郎はふと自信をなくした。もちろん、そんな記録はどこにも残っていないだろう。だが、それで、凶雲がなかったと言えるか。明暦の大火の前に、凶雲が発生したと騒いだ人間がいたかもしれない。

この広い世の中にはいろいろな人間がいる。凶雲のことを信じている人間とているやもしれない。

「また、邪魔するかもしれない」

剣一郎はそう言って立ち上がった。

『飛驒屋』の帰り、冬木町に住む桂順という医者のところに寄った。

助手を何人も使う、大きな町医者だった。

「さよう、あの長兵衛というひとは胃の中に腫れ物が出来ております。あのまま、去ったと聞いて驚いておりました」

患者を助手に任せ、豪放磊落《ごうほうらいらく》そうな桂順は顔をしかめた。

「つまり、治療を続けなければ病状は悪化すると」

「さよう。もし、飛驒屋さんに助けられていなかったら、死んでいたでしょう。それをようやく持ち直した。といっても、まだまだ薬も服用していかなければならぬのだ。どこかで、医者の治療を受けていればよいのだが」

桂順の家から離れながら、剣一郎はゆっくり空が翳《かげ》っていくように、自分の胸に翳が射していくのを感じた。

海辺橋《うみべ》を渡り、霊巌寺《れいがんじ》の前を過ぎ、小名木《おなぎ》川を越えると、ほどなく南六軒堀町になる。剣一郎は次郎衛門店に向かった。

六軒堀をはさんで東西に分かれており、南北に区切って北六軒堀町と南六軒堀町とに分かれていた。

次郎衛門店は六軒堀にかかる中ノ橋の傍《そば》で、乾物屋と八百屋の間に木戸があった。棟割り長屋で、洗濯物を乾《ほ》していた女房は驚いた顔を向けた。八丁堀の与力が路地に入って来たので、警戒したのかもしれない。

「三ヶ月ほど前まで、弥八という男が住んでいたと思うが」

剣一郎は女房に訊ねた。

「は、はい。確かに、おりましたよ」

「どこに引っ越したかわからないか」

「急にいなくなっちまいましたから」

「弥八は何をしていたんだね」

「さあ、夕方になって出かけ、夜遅く帰って来るようでした」

「何をしていたのだろうな。大家はどこだ?」

「そこの乾物屋さんです。太兵衛《たへえ》さんです」

女房は入口を指さした。

剣一郎は乾物屋の裏口から声をかけた。

はあいという声がして、手拭いを姉様かぶりにした女が出て来た。

「太兵衛はいるか」

その声が聞こえたのか、店先から太った男がやって来た。

「あっしですが」

「大家の太兵衛さんだね」

「へい」

　太兵衛は上目遣いで顔を見た。青痣与力を知っているようだ。

「この長屋に住んでいた弥八のことで教えて欲しいのだ」

「弥八でございますか」

　太兵衛は困ったような顔をした。

「弥八はとうに引っ越して行きましたが」

「引っ越し先はわからぬか」

「それが、国に帰ることになったということです」

「国に？」

「へえ。でも、嘘です」

「どうして嘘だとわかるのだ」

「弥八の国は佐野《さの》だと言ってましたが、手形も持たずに行けるわけはありません」

　剣一郎にはますます不可解に思えた。

「ところで、長兵衛という男を知っているか」

「長兵衛でございますか。いいえ」

「弥八のところに誰か訪ねて来ることはなかったか」

「たまに、女がやって来ていましたね」

「どんな女だ？」

「それが弥八にはもったいないようないい女でした。水茶屋勤めでしょう」

「名前は知らないか」

「さあ、そこまでは」

「弥八は特に仕事らしいことはしていなかったようだが、店賃はどうだ？」

「それはちゃんといただいておりました」

弥八という男、何かをしでかしたわけではない。にも拘《かか》わらず、見過ごし出来ない何かがあるような気がした。

剣一郎は両国橋を渡った。屋根船が川を上って行く。春とはいえ、まだ寒い。風流人の船遊びだろうか。

橋の真ん中辺りに来て、ふと立ち止まった。空に黒っぽい雲が浮かんでいる。凶雲など、あろうはずはない。つい惑わされそうになる自分を戒め、剣一郎は再び歩き出した。

橋の東詰めの賑《にぎ》わい以上に、西詰めもひとでごった返していた。軽業《かるわざ》の小屋掛けの前には大勢の見物人が集まり、芝居小屋にもひとだかりがしていた。

楊弓場の美しい女が客を誘っている。ふと、剣一郎は大家の言葉を思い出した。弥八のところにやって来た女を水茶屋勤めではないかと言っていた。

もし、そうならこの界隈《かいわい》の水茶屋で働いていた可能性もある。そう思ったが、名も顔も知らない女を探し出すことは無理だった。

どうやら、長兵衛という男にとりつかれたようだと、剣一郎は苦笑して、前方を見たとき、向こうから歩いて来る女太夫の姿が目に入った。

木綿の衣服に小倉の帯。手甲をはめ、白足袋に東下駄。丸い菅笠をかぶり三味線を抱えたふたりの女と、木綿の着物を端折《はしょ》って盲縞の股引に麻裏草履を履き、頭上に目《め》笊《ざる》を載せた中年の男だ。

正月の松の内は鳥追女として門付けに歩くが、平生は女太夫と呼ぶ。

今年やって来た鳥追は上玉だったな、と奉行所で誰かが言っていたのを思い出した。

女太夫とすれ違うとき、剣一郎は菅笠の内の顔を覗《のぞ》いたが、口許《くちもと》しか見えなかった。お鈴かどうかはわからない。

剣之助は、一時は志乃に熱を上げていたが、志乃との交際を向こうの親に反対され、そのやり場のない思いを、たまたま見かけた女太夫に心を向けることで忘れようとしたのであろう。

が、今の世の中の仕組みでは女太夫との恋ははじめから無理だったのだ。

身分違いはどうしようもなく、また置かれた環境も違った。剣之助とお鈴はお互い、泣く泣く別れたのだ。

ある意味では、志乃との場合も身分違いがふたりの間に立ちはだかったのだ。志乃の父親は小野田彦太郎《おのだひこたろう》という近習番組頭を務める御家人だったと記憶している。

そのため、剣之助は与力の跡を継がないと言い出したのだ。志乃の婿になって小野田家に入るとまで言い、だいぶ志乃に逆上《のぼ》せていたのだ。

女太夫の残像を頭に描きながら橋を渡り切ったときには、剣一郎はまたも長兵衛のことを思い出していた。


その夜、夕餉のあとで、剣一郎は腕組みをし、目を閉じて考え事をしていた。

とかく、ここ数日は思い悩むことが重なった。剣之助のこと、兄の許嫁のりく、そして長兵衛のことだ。

中でも、長兵衛のことは問題だった。単なる変人奇人の類《たぐい》か、それとも陰陽道《おんみようどう》に通じた者か。あるいは、何かの企みがあるのか。

部屋に、多恵が裾を引いてやってきた。

剣一郎は目を開けた。

「帰ったのか」

「はい」

つい今まで、どこかの職人のかみさんが多恵に相談にやって来ていたのだ。多恵は与力の妻として来訪する武士や大店の主人らの応対に出るだけでなく、庶民の者たちの相談相手になってやっている。いや、そればかりか、宇野清左衛門の妻女のように、多恵に話し相手になってもらいたいと思う者も八丁堀にはたくさんいる。

とにかく面倒見がよく、誰に対しても分け隔てなく接するので、多恵の人気は高まる一方で、もはや青柳与力の妻女というよりは、多恵はひとりだけで独立した大きな存在感を示している。

「珍しゅうございますね」

多恵が微笑《ほほえ》んできいた。

「なにがだ?」

「ご思案に暮れているように見受けられました」

「そうか」

「でも、それほど切羽詰まったことでもないようですね」

多恵は鋭い勘の持主であり、また鋭い洞察力も持ち合わせている。もし、多恵が男だったら、自分以上の与力になっていただろうと、剣一郎は思うことがある。

「明暦の大火の折り」

いきなりそんなことを言い出したので、多恵が目をぱちくりさせた。

剣一郎は構わず続けた。

「数ヶ月前に、その予兆があったという話を聞いたことはないだろうな」

「予兆ですって」

「そうだ。赤く燃えるような星が見えたとか、怪しい雲が出ていたとか、火の玉が降るとか」

「まあ。まるで、講釈のようですね」

「講釈？」

「はい。先日も遠くからやって来た長屋のおかみさんたちが、今人気の金流斎《こんりゅうさい》玉堂《ぎょくどう》という講釈師の『紀文と浪人』の話をしていました」

「なに、紀伊国屋文左衛門の話か」

飛騨屋の材木買い占めで、紀伊国屋文左衛門を連想していたので、剣一郎は興味を覚えた。

「紀州から嵐の中を古い船でみかんを江戸まで運んで大儲けしたという一席か」

「いえ、玉堂のは明暦の大火だそうです」

「ほう」

「文左衛門が居候させていた浪人者が、ある夜、物干台から夜空を見上げていて、近々江戸に大火事があると予言するのだそうです。それを信じた文左衛門が材木を買い占めて大儲けをするという話」

あっと、剣一郎は声を上げた。

「そんな話があるのか」

「あくまで講釈のお話ですが」

「その何とか玉堂という講釈師はどこに出ているのだ」

「金流斎玉堂です。今は、浅草の奥山に出ているそうです」

剣一郎よりはるかに、多恵のほうが世事に通じている。

金流斎玉堂の『紀文と浪人』か、と剣一郎はまたも考え込んだ。江戸に大火事が起こる前兆を察知した浪人の話から、剣一郎は『飛騨屋』のことに思いを馳せた。

深刻に考え込んだ剣一郎を、多恵は子どもを見るような目で見ていた。

五

夜勤明けの日。奉行所から屋敷に戻った剣一郎は一刻（二時間）ほど熟睡してから、午後になって浪人姿で、屋敷を出た。

門の外まで、若党の勘助が見送った。

剣一郎は浅草にやって来た。

大きな提灯《ちょうちん》を見上げながら雷門をくぐり、参詣客でごった返している参道を行くと、「二十軒茶屋」で、腰掛け茶屋が並んでいる。どの店も、美しい女を揃《そろ》えていた。

仁王《におう》門に入ると、両側に楊枝《ようじ》屋が並んでいる。剣一郎は本堂の左手から淡島《あわしま》神社の前を過ぎた。

その辺りから香具師《やし》や大道芸人たちがたくさんのひとを集めていた。

剣一郎は講釈をやっている掛け小屋の前に立った。看板に、金流斎玉堂の名を見つけ、木戸《きど》銭を払って中に入った。

客席はいっぱいだった。なるほど、講釈は流行《はや》っているのだと、剣一郎は今さらながらに感心した。

高座では痩《や》せた色白の講釈師が張扇で釈台を叩いて調子をとりながら、早口で荒木又右衛門の三十六人斬りの場面を読んでいた。なるほど、講釈は大仰に言うと、剣一郎は苦笑した。一振りの刀で、またひとりで三十六人も斬れるはずはない。だが、話はそのほうが面白かった。

金流斎玉堂はふたりあとに登場した。演《だ》し物は『紀伊国屋文左衛門』だった。だが、大火事を予言した浪人の話ではなく、今回は紀州から嵐の中をみかん船で江戸に乗り込んで大儲けをするという一席だった。

終わったあと、剣一郎は楽屋に行ってみた。入口の簾《すだれ》をよけて中に入ると、講釈師たちが狭いところにたむろしていた。

高座から下りたばかりの玉堂は茶をすすっていた。楽屋番の男が耳打ちすると、玉堂は訝《いぶか》しげな目を剣一郎に向け、目が合うとあわてて逸《そ》らし、それから再び目を戻して、軽く会釈《えしゃく》をした。

玉堂はおもむろに立ち上がって、もみ手をするようにやって来た。

「あなたは青痣与力の青柳さま」

「面白く聞かせてもらった」

剣一郎は玉堂を褒《ほ》めてから、

「すまぬが、少し教えてもらいたいことがあるのだが」

「へえ。きょうはもう上がりですから」

「そうか。では、どこぞで一杯やりながら話を聞こう。どこか知っている店はあるか」

「へい。並木《なみき》にうまい田楽を食べさせる店がありますが」

「よし、そこでいい。では、先に行って待っている。店の名は？」

「『奈良《なら》屋』です」

剣一郎は楽屋を出ると、編笠をかぶって、再び参道を通り、雷門をくぐって並木町にやって来た。

茶店に入り、剣一郎は二階の追い込みの座敷に上がった。

ちょうど奥の客が立ち上がったので、そこに向かった。

玉堂が現れたのは、剣一郎が腰を下ろして、そう間もないときだった。急いで来たのだろう、額に汗をかき、息を切らしていた。

酒と田楽を頼み、まず酒がやって来た。

何杯か猪口《ちょこ》を空にした頃、田楽が運ばれて来た。関東では一本串、関西では二股の串を用いるが、ここは目川《めがわ》田楽と呼ばれ、三本足の串が用いられている。

うまいうまいと、玉堂は味噌《みそ》田楽をほおばったが、どうも口先だけで、味わっていないように思える。

玉堂が落ち着いた頃を見計らって、

「じつは、ききたいのは『紀文と浪人』という話があるそうだな。紀伊国屋文左衛門が居候の浪人の意見で材木を買い占めて大儲けをしたという話だそうだが」

「えっ。そんなことだったんですかえ」

予想外の内容だったのだろう。それまでの硬い表情がほぐれたのは、どんな用件なのか疑心暗鬼になっていたからだろう。

「いいえ、てっきり、おかみに対してまずい話をしてしまったのかとひやひやしておりました」

玉堂は正直に言い、大きく吐息をもらした。

「すいません。ちょっといっぱい」

手酌で酒を注ぎ、口に流し込んでから、今度はほんとうにうまそうな顔をした。

「青柳さま。その講釈話に何か」

やっと玉堂が顔を向けた。

「その話の中で、その浪人は毎日酒を呑むか、空を見ているかだったということだな。その浪人は天文学、気象学の知識があった。その浪人が近々、江戸に大火事が起きると予言した。そういう話だな」

「へえ。まあ、おおまかはそんなところでしょうか」

玉堂は不思議そうに答えた。今度は、なぜ、そのようなことをきくのかと訝《いぶか》っているようだ。

「この話は誰が作ったのか」

「さあ、そこまでは知りません。あっしの師匠は大師匠から教わったと言いますから、かなり前に作られたんじゃないでしょうか」

「おまえはいつから演じているのだ？」

「あっしは半年ほど前からです」

半年前なら長兵衛が聞いた可能性はある。

「この話をするのは、おまえ以外にいるのか」

「何人かおります」

「客の中で、長兵衛という五十ぐらいの男を知らないか」

客のことなど知るはずはないと思うが、念のために訊ねた。

「長兵衛さんですか。いえ、知りません」

「地方廻りはするのか」

「はい。去年は佐野、太田《おおた》、館林《たてばやし》、足利《あしかが》、水戸《みと》などをまわってきました」

「そこで、今の講釈をしたか」

「はい、しました」

剣一郎は酌をしてやる。

「へえ、すいません」

長兵衛があのようなことを言ったのは、この講釈を聞いたことがあるからではないかと睨《にら》んだ。そこから長兵衛の素性が手繰《たぐ》れないものかと考えたのだが、やはり無理があったようだ。

「青痣の旦那。いったい、紀文の話に何かあるんですかえ」

玉堂が疑問を口にした。

「なあに、ちょっと人探しをしているのだ。その者が紀文の講釈を聞いたかもしれないのでな」

「そういうわけですか」

「浪人が火事を予言したなどというのは作り話であろうが、それに似たようなことが実際にあったかどうか、聞いたことはないか」

「さあ、あっしは知りません」

「そうだろうな」

「ただ、明暦の大火については、ちと不思議なことがあるんですがねえ」

「なんだ、不思議なことというのは」

「じつは、あっしは『振袖火事』を読むにあたり、舞台となった本郷丸山《まるやま》の本妙寺《ほんみよう》に行ってみたんです。ところが、本妙寺は立派になっていました。火元の本妙寺にお咎《とが》めはなかったのかと思いましてね」

「うむ。確かに」

失火であり、ましてや振袖の祟《たた》りという因縁話があってのことだからか。しかし、あれだけの大惨事となった火事の火元であるから本来なら厳罰に処せられるはずだ。

「あっしの近所でも火事騒ぎはありましたが、火元の家じゃ、その土地には住みにくくなって引っ越して行ってしまいましたよ」

明暦の大火では、振袖の祟り話と、未曾有《みぞう》の大惨事という結果に目が向き、火元の処罰のことをまともに考えたこともないが、言われてみればそのとおりだ。

「じつは、このことを言い出したのはあっしの師匠なんです。あっしの師匠は若い頃、目黒《めぐろ》に住んでおりやした。その師匠が二十歳になるかならないかの頃、目黒行人坂《ぎょうにんざか》にある大円寺《だいえんじ》から火が出て、大惨事になったそうです。このとき、火元の大円寺は五十年間も寺の再建を許されなかったってことです。それと比べて、本妙寺のほうは特別扱いじゃありませんか」

だんだん客が立てこんできた。

「そろそろ出るか」

「へえ」

奈良茶漬けを頼み、剣一郎は玉堂のぶんの代金も支払い、外に出た。

もう暗くなっていた。茶店の軒行灯《あんどん》が輝いていた。

玉堂と別れ、剣一郎は蔵前《くらまえ》通りに向かった。

大火の予兆については手掛かりはなかったが、振袖火事については、玉堂の言うように疑問が残る。

確かに、振袖の祟りがあるとは思えない。実際は、本妙寺が火の不始末で出火させ、大惨事になった。その言い訳を、振袖の祟りとして世間に吹聴して、火元の責任を逃れようとしたのかもしれない。

しかし、玉堂が言うように、本妙寺が火元だとすると、処罰されていないのは不思議だ。江戸を大惨禍《さんか》に巻き込み、江戸城の本丸、二の丸、三の丸まで延焼した。その大火事の火元である本妙寺に対して、その後の対応は確かに不可解だ。

だからといって、剣一郎は今、そのことを考える余裕はなかった。火事の前兆。そのことが、問題だった。いったんこだわると、とことんまで追求しなければ気がすまない。時としてもてあますこともあるが、そんな己の性分を、剣一郎は思いの外、気に入っていた。

六

翌日、剣一郎は出仕すると、宇野清左衛門のところに行った。

世事に通じている清左衛門とて知るはずはないと思いつつ、訊ねてみないわけにはいかなかった。

「おう、青柳どの。さっそく多恵どのから返事が来たそうだ。うちの奴も喜んでおった」

その件はすっかり忘れていた。

「そうでございましたか。宇野さま、ちと妙なことをお訊ねいたしますが」

「なんだ？」

「百年以上も前のことで恐縮でございます。明暦の大火でございますが」

「ほう、明暦の大火」

「あの大火事が起こる何ヶ月か前に、凶雲が発生し、江戸に火の玉が降ると予言した者がいたという話を聞いたことはございませんか」

「なに、火の玉が降るとな」

宇野清左衛門は予想外の話題だったらしく目をぱちくりさせた。

「さて、そのような話は聞いてはおらぬが……。ただ、いかな世にも、そういう類の話はある。真偽は別として、そういうことを言っていた者がいたとしても不思議ではないな」

宇野清左衛門は訝しげに、

「青柳どの。そのことが何か」

「じつは金流斎玉堂という講釈師に『紀文と浪人』という話があるようでして」

「おお、知っておる。わしも聞いたことがある」

「えっ、宇野さまも？」

「そうじゃ。わしはたまに寄席にも行っておる。落語、講釈などを聞くことで、人々が何を求め、何に喜ぶかがよくわかる。青柳どのも、たまには聞かれるとよい」

「おそれいりました」

剣一郎は平伏した。

「それがどうかしたのか」

「木場の材木商『飛驒屋』が今、材木を買い占めております。その理由が、助けた長兵衛という男が去るに当たって、凶雲が出ており、数ヶ月内に江戸に火の玉が降ると予言したからにございます」

「火の玉が降るとは、火事になるということか」

宇野清左衛門は顔色を変えて腰を少し浮かせたが、すぐに自分の軽率な態度を恥じたように、苦笑いをし、

「青柳どの。何の冗談だ」

「いえ、冗談ではありませぬ。飛驒屋は半信半疑でしたが、その者がいい加減なことを言う人間に思えないので買い占めに走ったということのようです」

「それで、明暦の大火のことをきいたのか」

呆れた顔をして、宇野清左衛門は続けた。

「凶雲などと騒いで世をたぶらかすとは許し難《がた》い輩だ」

「ほんとうに世をたぶらかすつもりなのでしょうか」

「どういう意味だ？」

「私が心配したのは、長兵衛はいつか江戸で大火事が起こることを予期している。これが俗信や迷信によるものなのか、それとも」

剣一郎は言葉を切ってから、

「長兵衛が本物の能力を持つ予言者だとしたら」

宇野清左衛門がぎょっとしたような丸い目で、

「なんということだ。それならただちに、長兵衛なる者を探して、その真偽のほどを確かめる必要があるではないか」

「まだ、そうと決まったわけではありませぬ」

「しかし」

難しい顔つきで、宇野清左衛門は扇子の先で膝《ひざ》を叩いた。頭の中が混乱を来《きた》しているときの清左衛門の癖である。

「青柳どの。もし、長兵衛の予言が本物ならば由々しきこと。明暦の大火のような大火事が起きるかもしれんのだ。今はもっとも火事の多い季節だ」

江戸の冬から春先は北風や北西の風が強い。そんな日に一度火事が起これば、江戸中が炎に包まれてしまう可能性があった。

あまりにも宇野清左衛門の顔が真剣なので、剣一郎はおやっと思った。まさか、宇野さまは凶雲のことを信じてしまったのだろうか。

「宇野さまは凶雲を信じなさいますか」

「いや、そうではないが」

「いずれにしろ、俗信や迷信にしろ、そういうものがあるのか、あるいは明暦の大火の前に凶雲がほんとうに出たのかどうか。そのことを確かめたかったのです」

「うむ。そのとおりだ。そうだ。前原作左衛門《まえはらさくざえもん》どのに話を聞くとよい」

「前原作左衛門どの?」

初耳だった。

「書物奉行をやられたお方だ。もともとは天文学者であった」

江戸城本丸西北方の紅葉山《もみじやま》に書庫がある。紅葉山文庫といい、『古事記』や『明月記』、『太平記』などの希世の古書が保管されている。この書庫や資料の編纂《へんさん》をするのが書物奉行である。

前原作左衛門は今は隠居し、寺島村《てらじま》の別邸に住んでいるという。

「ぜひ、お会いしとうございます」

「よし、紹介状を書こう」

宇野清左衛門はあわただしく机に向かった。

外は風が強いようだ。風烈廻りの同心、礒島源太郎と只野平四郎が巡回に出て行っている。風の強い日は火消しも火の用心のために町内をまわっているはずだ。それに、火の見櫓《やぐら》に上っている者も注意を払っているだろう。

凶雲などとは俗信だ。剣一郎はそう思いながらも、なぜか腰が落ち着かない感じなのだ。ひょっとしたらという思いがあるのだ。それは、たぶんに飛騨屋がそれを信じているからかもしれない。

飛騨屋は分別があり、才智もありそうな男だった。その男がばかげていると思いながらも、それを信じたのは長兵衛が一本筋の通った男に見えたからではないか。飛騨屋は言っていた。あのひとの目に偽りはありませんでしたと。

長兵衛が凶雲を信じ、心底飛騨屋のためを思って言っているのなら、それはそれでよい。凶雲を信じた長兵衛の過ちとして済ますことが出来るからだ。確かに、長兵衛の言うことをまともにとって材木を買い漁《あさ》った飛騨屋は大打撃を受けるだろうが、被害はそれだけですむ。

だが、長兵衛が特殊な力を持つ予言者だとしたら。そのことを、剣一郎は恐れているのだ。

「さあ、これを持て」

振り返った宇野清左衛門は書状を寄越した。

「ありがとう存じます。それから、もう一つお願いがございます」

「なんだ？」

「長兵衛、それに弥八なる者の行方の探索を廻り方にお願いしたいのですが」

「わかった」

「ただ、このことをおおっぴらにすると、混乱を起こしかねません。どうぞ、この儀は秘密裏にしていただきとう存じます」

「もっともだ。三廻りがいいだろうが、いちおうお奉行にはからねばならぬ。まず、前原どのの話を聞いた上で、お奉行に話を通そう」

剣一郎が与力詰所に戻ると、なんとなく朋輩の目がよそよそしい。そのわけは剣一郎にはわかっていた。

この青痣が実力以上に剣一郎を大きくしていた。今では、大きな事件ではお奉行直々に内命を受けるようになり、奉行所内では特別な存在になっていた。

朋輩たちは、剣一郎を青痣与力として煽《あお》ぎ見るようになっていた。そのことがなんとなく、寂しくもあった。

いっそ、剣一郎は吟味方与力に昇格してしまったほうがいいのかもしれない。なまじ、風烈廻りや例繰方の掛かりであることで、朋輩たちには剣一郎が特別な存在として映ってしまうのだ。

しかし、お奉行や宇野清左衛門は剣一郎を吟味方与力にしなかった。今のままの自由な立場で、いざというときに思い切って働かせようというつもりなのだ。

自分が特命を受けるたびに、朋輩たちとの間に溝がますます深まるような気がして寂しかった。その寂しさは他人にはわからないかもしれない。

ただ、同心たちからは剣一郎は絶大なる信頼と尊敬の念を抱かれていた。

剣一郎が寺島村に、元書物奉行だった前原作左衛門の住まいを訪ねたのは、その翌日だった。春らしい陽気で、隅田川には船がたくさん出ていた。

小さな庵《いおり》のような藁《わら》葺《ぶ》き屋根の家で、まるで隠遁者《いんとんしゃ》の住処《すみか》だ。

部屋は書物でいっぱいだった。机には書きかけの紙が広げられている。

天文学者であり、長く書物奉行にあったというので、偏屈《へんくつ》そうな男ではないかと思っていたが、作務衣《さむえ》姿の前原作左衛門はいたって物静かな好々爺という感じだった。

どこか、剣一郎の剣術の師である真下治五郎《ましたじごろう》に似ている。真下治五郎は江戸柳生《やぎゅう》の新陰流《しんかげ》の達人であるが、今は隠居し、二十近くも歳の離れたおいくという妻女と暮らしている。

久しぶりにひとが訪ねて来たのがうれしいらしく、前原作左衛門は自ら茶をいれて剣一郎を歓待した。剣一郎が宇野清左衛門からの紹介状を出したときも、うれしそうに読んで、宇野どのはお元気のご様子と目を細めていた。

「前原どのはおひとりで?」

女の気配がないので、剣一郎はきいた。

「ひとり暮らしは勝手気ままで楽しいものです。伜からは屋敷に戻って来いと言われているのですが」

前原作左衛門は前歯の欠けた口で笑った。

「お寂しくはありませぬか」

「いや。ここで」

と、前原作左衛門は右手で庭を指した。その庭の向こうは草むらで、さらにその先が隅田川になっている。

「流れる雲と語り、風とたわむれ、夜は星が相手になってくれます。雨降りであれば、それもよし。空は同じように見えますが、毎日違います」

風流人とは違うのは、毎日の天気を記録していっていることだ。

「空梅雨《からつゆ》のあとに大雨が降ったとか、竜巻《たつまき》がどんなときに起こるとか、どういう気象のときに旱《かん》ばつに襲われるとか。記録をとることにより、こういう異常気象への対処も可能になりましょう」

「ここに居を求められたのは隅田川の近くだからでしょうか」

「それもありますが、三囲《みめぐり》神社の近くだからです」

「ほう、三囲神社ですか」

「さよう。あそこは、宝井《たからい》其角《きかく》が雨乞いの句を吟じたところです」

元禄《げんろく》六年（一六九三）六月二十八日、日照《ひで》り続きに、小梅《こうめ》村の村民たちが社前で雨乞いの祈りをしているところに芭蕉門下の俳人宝井其角が通り掛かった。

そこで、村民に代わり、其角は「夕立や田をみめぐりの神ならば」という句を作った。すると、その翌日、雨が降ったという。

「その雨乞いに効き目があるのでしょうか」

「記録によれば、この十日後の七月七日、江戸で大風雨になっております。この年は空梅雨で、どうも天候不順だったようです」

話し相手が出来てうれしいのか、前原作左衛門は嬉々《きき》として喋っている。

「天明《てんめい》五年（一七八五）の大旱ばつのとき、亀戸天満宮《かめいどてんまん》で雨乞いが七日間行われ、その二日後に雷鳴が轟《とどろ》き、雨が降ったという記録があります。ですが、雨乞いはたくさん行われたはず。うまくいったという例は数えるほど。それは異常気象の年だからでしょう」

「雲のことなのですが」

剣一郎はいよいよ本題に入った。

「雲によって吉凶がわかるものでしょうか」

「雲ですか。釣師や漁師の経験から、たとえば鰯雲《いわしぐも》が出ているときは海は凪《なぎ》であるとか、小さな雲が出るときには風の吹く知らせだとか、また筑波富士に笹の葉のように先の細い雲が立ちのぼるときは、ナライと呼ばれる北東の風が吹くということは言いますが、吉凶のことは天文、気象とは違います」

「たとえば、明暦の大火の数ヶ月前に、赤い雲が三日間同じ時刻に出たという記録は残っていませぬか」

「いや。そういったことが書かれた書物を目にしたことはありませぬ。慶安《けいあん》二年（一六四九）と元禄十六年（一七〇三）の大地震の前にも、不思議な現象があったという記録はありません」

　さすが書物奉行だっただけあって、そういう関係のほうの書物にも目を通していたようだ。だが、公式の記録には残っていないだけかもしれない。そのことを言うと、

「確かに、地震の前に光る雲を見たとか、空が異様に赤かったとか言う者もいたそうです。ですが、信憑性に欠けました。数ヶ月前から予兆する雲などはあり得ますまい。それは、もう陰陽道のことでしょう」

「去年の十月頃、赤い雲を見ましたか」

「いえ」

　前原作左衛門は笑みを浮かべ、

「私は毎日欠かさず空を眺めております。が、一度もそのような雲を見たことはございません。青柳どのは、そういう迷信・俗信に興味をお持ちですか」

「いや。赤い雲の話を聞いて、少し気になったものですから」

「いつの世にも迷信・俗信の類《たぐい》はあるものです」

　やはり、赤い雲のことは迷信・俗信の類か。長兵衛という男は陰陽道に通じている男だったのか。

「ついでにお伺いしたいのですが」

剣一郎は思いついて訊ねた。

「明暦の大火の原因が振袖の祟りと言い伝えられておりますが、ほんとうに供養の振袖が原因で火事になったのでしょうか」

「それはどういうことかな」

「出火もとの本妙寺は何のお咎めもなく、同じ地に堂宇の再建が許され、さらに触《ふれ》頭《がしら》にも任ぜられて……」

「青柳どの。申し訳ないが、急用を思い出した。用件が済んだならば、お引き取り願えまいか」

剣一郎は啞然《あぜん》とした。さっきまでの好々爺然とした顔は渋い顔に変わっていた。理由もわからず急に不機嫌になった。

「それは気がつきませんで、申し訳ありませんでした」

剣一郎は釈然としないまま、庵をあとにした。

七

翌朝、髪結いが理髪髭剃りにやって来た。

風はまだ冷たいが、剣一郎は庭に目をやり、縁側で髪を当たってもらった。

「変化朝顔《へんかあさがお》で評判をとった巣鴨《すがも》の植木屋の職人が、駒込《こまごめ》の植木屋に引き抜かれて、そのことでもめているそうですぜ。でも、その原因が女のことのようで」

髪結床は毎日ひとがたくさん集まり、噂話《うわさ》の花が咲くところだ。その噂話の中に耳寄りな情報があるのだ。そのために、奉行所は髪結いに免税の特権を与え、その代わりに奉行所に協力させている。この日髪日剃りもその一つだ。

髪結いの話を聞いていたが、ふと剣一郎は口をはさんだ。

「数ヶ月前、夕方に赤い雲を見たという噂をきかないか」

「赤い雲ですかえ。いえ、聞きませんが」

「奇妙な雲を見たという話も聞いたことはないか」

「ありません。なんですね。赤い雲というのは？」

「誰かが、そんな雲を見たといって、世を惑《まど》わそうとしているらしい」

「へえ。そうですか。そういう輩はときたま出ますからね。馬が喋《しゃべ》ったとか、火の玉が降るとか」

「なに、火の玉だと」

いきなり、剣一郎が振り向いたので、髪結いは驚いて飛び上がった。

「すまん。驚かせたか。それより、今言った、火の玉が降るとはどういうことだ？」

「へえ。いつぞや、駿府《すんぷ》から来た商人が話していたんですが、何年か前、駿府のご城下に乞食坊主が現れ、家々の前に立ち、この家に火の玉が降るのが見えた。この御札を買わないと火事になると叫んでいたそうなんですよ。その後、御札を買わなかった家から出火した。そういうことが何回か起こったので、町方の者がその乞食坊主をとっ捕まえたところ、油を浸した布と火打ち石を持っていたそうです。どうやら、御札を買わない家には自分で火を付けていたそうなんで」

自分で火を付ける。まさか、長兵衛も……。

髪結いは話し続けているが、剣一郎は聞いていなかった。

長兵衛が火付けを企てている。そういうことも考えられる。

「へい、お疲れさまでございました」

髪結いが肩にかかった手拭いを外したところだった。

その日、出仕して、まっさきに宇野清左衛門に伝えた。

「前原さまに会って参りました。やはり、凶雲など、考えられないとのことです。まして や、数ヶ月前にそのような雲が出るとは考えられないと」

「そうであろうな。と、なると」

「もしかしたら、長兵衛は自分で火を付ける企みを持っているやもしれませぬ」

「まさか。何のためだ？」

「わかりませぬ。火を付けて、そのどさくさに紛れて金を盗むつもりか」

宇野清左衛門は半信半疑の顔つきで、

「しかし、それなら、何も何ヶ月も前から計画しておく必要はあるまい」

「もっと大がかりな火付けを」

「まさか、ご公儀に謀叛《むほん》を働く者ということは考えられないか」

「公儀に謀叛ですか」

「さよう。ここ数年で改易になった藩があったかどうか。あれば、浪々となった家臣の一部が公儀への恨みを晴らすためにということも考えられる」

宇野清左衛門は興奮しているようで鼻を鳴らしながら言った。

「しかし、もしそうならば、江戸市中に浪人者が目立つはず。そういう不穏《ふおん》な動きは報告されておりませぬ」

うむと、宇野清左衛門は表情を曇らせた。

「とりあえず、お奉行には知らせておかねばなるまい。その前に、長谷川どのに諮《はか》ろう」

はあと、剣一郎は憂鬱《ゆううつ》になった。

公用人の長谷川四郎兵衛は、今のお奉行が任官時に連れて来た譜代の家来であり、内与力として奉行所内で顔をきかせていた。

ふだんは玄関脇の用部屋に詰めて、外よりの使者の挨拶を受ける。奉行所には各大名からの付け届けがある。大名は家臣が何か問題を起こしたときにお目溢《めこぼ》しをしてもらうために日頃から進物をしているのだ。

付け届けを持って来るのは藩の御留守居であり、その挨拶を受けるのが公用人である長谷川四郎兵衛であった。

お奉行への取次ぎはこの長谷川四郎兵衛を通さねばならないのだ。宇野清左衛門も、そのことに面白くない感情を持っているが、じっと堪えているのだ。

来客のないのを確かめ、長谷川四郎兵衛を宇野清左衛門が別間に呼んだ。

やって来た長谷川四郎兵衛は剣一郎がいるのを見て、ふんとした態度で腰をおろした。この長谷川四郎兵衛は剣一郎のことを毛嫌いしているのだ。お奉行の信任の厚いことも気に入らないのであろう。

剣一郎は涼しい顔で挨拶をした。

「御用件なら早く承《うけたまわ》ろう」

長谷川四郎兵衛は突慳貪《つっけんどん》に言った。

「じつは青柳どのが気がかりなことを見つけました」

宇野清左衛門が口を開き、あとを剣一郎に託した。

「深川木場の材木商『飛驒屋』が材木を買い占めているという話を聞き、そのわけを訊ねましたところ、行き倒れを助けた長兵衛なる男から、凶雲を見たので、江戸に火の玉が降る、材木を買い占めておくとよいと助言されたというのです」

剣一郎は詳しく話した。

長谷川四郎兵衛は鼻先で笑ったように聞いていたが、剣一郎が説明を終えると、小馬鹿にしたように鼻を上に向け、

「では何か。青柳どのは、その赤い雲を見たという男の言葉を真に受け、走り回っていたというのか。これは笑止千万」

「なぜでござるか」

宇野清左衛門がむっとしたように問うた。

「これは失礼」

いちおうは謝ったものの、長谷川四郎兵衛は口許に冷笑を浮かべ、

「赤い雲だなんて、そんないい加減なことを真に受けて、前原作左衛門どののところまで行ったというのは、どうかと思うがな」

「いいえ、赤い雲がほんとうに俗信・迷信にないのかを確かめたかったのです。それゆえ、その者が火を放つかもしれないという疑いが……」

「そこだ。なぜ、そこまで話を飛躍させるのだ。長兵衛なる男がいい加減なことを言った。それを、飛驒屋が欲に目がくらんだというだけのことではないか。青柳どのの、そう思われた根拠は何か」

「長兵衛なる者は命の恩人に対して恩返しの意味でその話をしたからです。そこに、嘘偽りはないと思われます」

「それはどうかの。確かに、長兵衛は恩を感じていただろう。だが、恩返しするものがなく、苦し紛れにそんな偽りを口にしたと考えるほうが自然ではないか。第一」

長谷川四郎兵衛は扇子を畳に叩き、

「青柳どのが言うように、長兵衛は江戸に火を放つ企みがあるなら、なぜ、そのような大事なことを赤の他人に言うのだ」

「それは、恩に報《むく》いたいという思いが強かったからでしょう」

「さよう。だから、そういう作り話をしたのだ」

「そうかもしれませぬ。ですが、ほんとうに火を放つことを暗に示した可能性も否定出来ません。たとえわずかでもその疑いがあるのなら、調べを進めておく必要があるのでは」

「そんなあやふやなことで、ひとを出すことは出来ぬ。第一、そんなことで奉行所が大騒ぎをしたなど世間に知れたら笑われるではないか。奉行所はそんな暇《ひま》なのかと、思われるのがおちだ」

「長谷川どの」

たまりかねたように、宇野清左衛門が口をはさんだ。

「ともかく、お奉行にお取り計らいくださらんか」

「いや。このようなことで、お奉行をわずらわせることはいかがかと思われる」

なににつけても剣一郎が伺い立てることに逆らう長谷川四郎兵衛に、膝に置いた手が微かに震えた。

「それでは長谷川さま。万が一、江戸が火の海になったら、その責任をおとりいただけるのでございますね」

剣一郎は怒りを抑えて静かにきいた。

「なに」

「長谷川さまが、そのように仰せであれば、私もこの件から手を引きます。ですが、長兵衛がほんとうに火を放ったとしたら、その責任は長谷川さまにあるということでよろしいのですね」

啞然としている長谷川四郎兵衛に向かって、剣一郎は畳みかけた。

「あとで、お奉行からきかれたら、あのとき長谷川さまから偽りに決まっているから何もせずともよいと言われたと申し上げてよろしいということでございますね」

「ばかなこと言うな」

長谷川四郎兵衛はうろたえた。

「いや、青柳どの。長谷川どのがはっきりとそう仰ったので、探索はしなかったということは、この宇野清左衛門も証人だ。いかなる大惨事になろうが、またその予兆を察していながら何ら手を打たなかったということに対して青柳どのに何ら責任が及ぶはずはない。それでよろしいのでござるな、長谷川どの」

「な、なにも探索をする必要はないとは言ってはおらぬ。ただ、するなら、極秘で行え、ということだ」

長谷川四郎兵衛は上擦った声で答えた。

「では、探索は続けろと」

宇野清左衛門が確認する。

「そうだ」

「では、青柳どのに引き続き、探索をしていただきますが、よろしいですな」

「うむ」

「また、何人か秘かに手伝ってもらいます」

「勝手にせい」

長谷川四郎兵衛は憤然と立ち上がり、部屋を出て行った。

「困ったお方です」

剣一郎は苦笑した。

「なあに、長谷川どののほど単純なお方はいない。うまくやれば、重宝な存在だ。これで、心置きなく探索に邁進《まいしん》出来る」

宇野清左衛門は老獪《ろうかい》に笑った。

「とはいえ、ことは秘密裏に行わねばならぬ。定町廻りでは動きを周囲に嗅《か》ぎつけられる。ここは、やはり隠密廻りの出番かと存じるが」

笑みを引っ込めて、宇野清左衛門が言う。

隠密廻りは、隠密に市中を巡回し、乞食や托鉢僧などに変装して秘密裏に、聞き込みや証拠集めなどをする。ふたりの同心がいる。

「私もそれがよかろうかと思います」

宇野清左衛門は膝をぽんと叩き、

「よし、ふたりのどちらにするかは今の仕事の状況を調べ、あとで知らせる」

と、気負い込んで立ち上がった。

与力部屋に戻って待っていると、剣之助がやって来て、宇野清左衛門が呼んでいることを告げた。

宇野清左衛門はさっきの部屋にいた。そこに行くと、隠密廻り同心の作《さく》田《た》新《しん》兵《べ》衛《え》もいっしょだった。

「青柳どの。この作田新兵衛に命じた」

宇野清左衛門が言った。

「青柳さま。なんなりとお命じください」

作田新兵衛は剣一郎といっしょに仕事の出来る機会を得て張り切っているようだ。

「作田どの。頼んだ」

作田新兵衛の力は知っている。剣一郎は、作田新兵衛にこれまでの経緯《いきさつ》を話した。

第二章　盗賊闇太夫《やみだゆう》

一

ドン、ドン、ドンと太鼓を打ち鳴らしながら、初午《はつうま》稲荷祭のための太鼓売りが天秤棒を担いで町中を売り歩いている。その太鼓売りのあとを子どもたちがついて行く。子どもたちは、凧《たこ》や羽根突き、双六《すごろく》などの正月の遊びに飽き、今度は初午遊びに目を向けているのだ。初午の日には子どもたちも玩具《おもちゃ》の太鼓を叩いて初午遊びをする。

今度は天秤棒を担いだ絵馬売りが「絵馬や、額や額」と呼びかけながらやって来た。天秤棒の両端に吊《つ》るされた竹の四つ手に稲荷社に奉納する狐の絵馬が積み重ねてある。

正月の雰囲気はなくなり、今や初午を待ち焦がれているような町の様子だった。

南六軒堀町にある次郎衛門店の長屋路地に商人ふうの男が入って来た。年の頃は四十半ばと思えるが、小粋な茶の縦縞の着物に風呂敷包みを背負っている。

井戸端でたむろしていたかみさん連中が嬌声《きょうせい》を上げて、貸本屋を迎えた。

「彦《ひこ》さん、待っていたわよ」

貸本屋の男はここでは彦次《ひこじ》と名乗っている。きょうで、この長屋にやって来るのは二回目だ。

「きょうは何があるのさ」

「さあ、早く早く」

かみさんたちは口々に言い、貸本屋の彦次を取り囲み、荷を解くのを待った。

合巻絵草子《えぞうし》や黄表紙《きびょうし》、洒落本《しゃれぼん》、女の喜ぶような春本や枕絵など、さらに発禁本をこっそり忍ばせている。

「これは、山東京伝《さんとうきょうでん》の『於六櫛木曽仇討《おろくぐしきそのあだうち》』です。今、評判ですぜ」

彦次はかみさん連中に勧めながら、春本や枕絵を目につくように並べた。

女たちの目の色が変わって来た。

「どうですね。今夜、ご亭主とこれをためしてみては」

熱心に見入っている若い女房に枕絵を勧める。

「いやだあ」

その女は顔を赤らめた。

あさり、しじみ、豆腐、納豆などの棒手振りが引き上げ、亭主どもが仕事に出かけ、長屋は女の天下だった。

しばらくかみさん連中に本の宣伝をしていたが、頃合いを見計らって彦次はぽっちゃりとして可愛らしい顔をした女を見て、

「ところで、弥八という男のことで何か思い出したことはありませんかえ」

と、さりげなくきいた。

「弥八さん？」

脇から小肥《こぶと》りの女が口をはさんだ。

「へえ。去年の十月頃までここに住んでいた遊び人ふうの男ですよ」

この女には、この前も弥八のことをきいたのだが、どうやら忘れているらしい。いや、いい加減に聞いていたのだろう。

「ああ、あの弥八さんね」

「覚えていますかえ」

「だって、変なひとだったものねえ。無口で」

「そうそう、昼間はずっと閉じこもっていて、夕方になって出かけ、夜遅くなって帰って来ていたみたい」

「なにしていたんですかねえ」

「あら、おまえさん。知り合いじゃないの」

別の痩せた女が怪しむような目を向けた。

「いえ。一度町中で声をかけられたことがあるんです。次郎衛門店のかみさん連中は皆美人だし、頭もいいから本を読むかもしれねえってね。そんとき名前をさいたら、弥八って言ってました」

彦次は作り話をした。

「最近になって、そのことを思い出してここにやって来た。そしたら、もうここにはいないっていうじゃありませんか」

「そう言えば、あたし、弥八さんを見かけたことがあったわ」

口を出した女は、はじめて見る顔だった。前回はいなかったようだ。

「えっ、最近ですかえ」

「いいえ。ここに住んでいる頃のことよ。夏よ。暑いときだったから」

「そうですかえ。で、どこで？」

「あたしの親戚は巣鴨村にいるんだけど、その親戚を訪ねた帰り、箕輪《みのわ》で弥八さんを見かけたわ。向こうじゃ気がつかなかったみたいだけど」

「箕輪のどこですかえ」

「浄閑寺《じょうかんじ》の近くだったかしら」

「どんな格好でした？」

「何も持っていなかったわ。いつもの格子縞の茶の着物姿。あら、彦次さんの着ているのに色が似ているわ。向こうは格子だったけど」

かみさんは春本を気にしながら答えた。

「誰かを訪ねたんでしょうか」

「そんなこと、わからないわ。それより、これにしようかしら」

目の縁を赤く染めて、女は春本を手にした。


それから彦次は両国橋を越え、蔵前通りを行き、浅草寺脇から浅草田圃《たんぼ》に抜けて、箕輪にやって来た。

まず、彦次は長屋のかみさんが弥八を見たという浄閑寺の前に立った。ここから土手を東に行けば吉原《よしわら》である。

廓内で死んだ遊女がここに運ばれて埋葬される。まさか、馴染《なじ》みの遊女が死んで、その供養のために弥八はここにやって来たわけではないだろう。

誰かに会いに来たのだ。彦次は山門の前にある花屋に向かった。

年増の女が店番をしていた。

「すみません。ちょっとよろしいでしょうか」

何か食べていたらしく、口をもぐもぐさせて女が出て来た。

「つかぬことをお伺いいたしますが、去年の暑い頃、この辺りで茶の格子を着流しにした中肉中背の男を見かけたことはありませんか。いえ、その男は弥八って言うんですが、馴染みの遊女が死んで、とても落ち込んでいましてね。ふらふらっと外に出てしまい、そのまま帰って来ないんです」

馴染みの遊女が死んだという話が共感を呼んだのだろう、女は痛ましそうに目を細め、

「それはそれは」

と、しんみり言い、

「ときたま、そんな男のひとを見掛けますよ。でも、覚えちゃいないですね」

初めから期待していたわけではないので、彦次は落胆はしなかった。

礼を言い、次に他の店でも同じようにきいた。何ヶ月も前のことを、覚えている者はいなかった。

そんなに簡単に手掛かりが摑《つか》めるものではないことは知っている。彦次は、近くの長屋に入って行った。

干し物を片づけている女に声をかけた。

「ちょっとお訊ねします」

「あら、何？　貸本？　だめだめ。あたしは字が読めないから」

「いえ。そうじゃねえんで。ちょっと、おききしたいことがありやす。じつは、あっしは弥八って男を探しているんです。なんでもこっちのほうに知り合いがいると聞いたので、やって来たってわけですが」

「弥八さん？」

「へえ。三十二、三の中肉中背の男。ちょっと遊び人ふうの感じで」

「いえ、そんなひと、見掛けませんよ」

「そうですかえ。この長屋にはひとり暮らしの若い男は何人ぐらいいますんで」

「なんで、そんなことをきくのさ」

女はちょっと警戒ぎみになった。

「商売ですよ。若い男が喜びそうな春本がありましてね。ここに来たついでに、ご覧いただこうかと思いましてて」

「ここは独り者の男はいませんよ」

「そうですかえ。へえ、お邪魔しました」

彦次は次の長屋、そしてこの周辺の長屋という長屋で訊ねた。どこにも、弥八らしき男を見た者はいなかった。

何ヶ月も前のことであり、記憶が薄れている場合もある。それに長屋の住人全員に聞いたわけではない。

彦次は上野山下から御成道《おなりみち》に入り、広小路《ひろこうじ》を抜けて筋違橋《すじかい》を渡った。そして、鎌倉《かまくら》河岸へとやって来た。

その頃には辺りはすっかり暗くなっていた。

『楓庵《かえであん》』と暖簾《のれん》の出ているそば屋の脇の路地を入り、そば屋の裏手にまわった。そして、周囲に怪しい人影がないのを見て、素早くそば屋の裏口から中に入った。

亭主が目顔で会釈した。彦次は梯子《はしご》段の脇を奥に向かった。

奥の三畳間に入ると、彦次は荷を下ろし、素早く着替えをはじめた。

白の格子の着流しに帯をきりりと締めると、顔つきまで変わった。髷を直し、羽織を引っかけた。

脇差を腰に差し、太刀を右手に持って再び板場にやって来た。

彦次は隠密廻り同心、作田新兵衛に戻ったのだ。

「旦那。もうお行きなさるんで。一本つけようかと思っていたのですが」

このそば屋の亭主は銀蔵《ぎんぞう》と言い、作田新兵衛が定町廻りだった頃に手札を与えていた男だった。今は、岡っ引きを引退し、そば屋のおやじになっている。

「きょうは早く帰ってやらんとな」

「そうですねえ。お大事に」

事情を知っている銀蔵はすぐ納得した。

作田新兵衛は、この銀蔵の家を隠れ家とし、いろいろな職業の人間に変装し、隠密に市中の探索に出かけているのだ。

きょうは奉行所に寄らず、そのまま八丁堀の組屋敷に帰った。

女中が出て来たので、初枝《はつえ》のことをきいた。

「お部屋に」

女中は困ったように答えた。

部屋に入って着替えていても、妻女の初枝は出てこようとしない。ちっと、新兵衛は舌打ちした。

着替え終えてから、新兵衛は初枝の部屋に行った。

「初枝。おるのか」

戸を開けると、初枝はふとんに横たわっていた。

「ごめんなさい。ちと熱っぽくて」

嘘だと思った。新兵衛は怒りを抑え、「大事にせよ」と言い、襖《ふすま》を閉めた。

いつから妻との仲がぎくしゃくし出したのかと、新兵衛は振り返ってみる。定町廻りの頃は初枝は理解を示していた。

やはり、隠密廻りに抜擢《ばってき》されたあとだ。四年前だ。

初枝と暮らして十八年。ふたりの間に子どもはなかった。二度、流産したのだ。そのことも、初枝の心に傷をつけたのであろう。

隠密廻りになってから、新兵衛は家にいる時間が少なくなった。子のいない寂しさを癒《いや》すべき夫がほとんど家にいないのだ。

隠密廻りの宿命だ。あるときは乞食になって市中を歩き廻り、あるときは香具師《やし》になって盛り場で物を売ったりする。場合によっては関八州まで足を伸ばす。その他、探索のために何日も家に帰らないこともざらだった。ことに、ある武家屋敷に中間《ちゅうげん》に化けて入り込んだときなど、半年間も家を空けたのだ。

だが、初枝の態度ががらりと変わったのは、あのときだと思う。

三年前、当時、新兵衛はお奉行の命を受け、作事奉行と豪商の内偵をしていた。そのとき、新兵衛は商家の旦那に変装して、ある料理屋に通い詰め、おしまという仲居を取り込んだ。

おしまの旦那然としておしまに一軒を与えた。そういう金はそこそこに自由に使えた。そこで、座敷での様子をおしまから聞き出していたのだが、このおしまのことを、初枝が知った。

初枝は、新兵衛が妾《めかけ》を囲っていると思ったのだ。子どものいないことに負い目を抱いていた初枝はひがみっぽくなっていたのだ。

仕事だといくら説明してもわかってもらえなかった。あの女に子どもを産ませ、作田家の跡継ぎにするつもりなのですね、と眦《まなじり》をつり上げた。

ちょうど、その頃に初枝の実家の父親が亡くなったことも、影響あるかもしれない。仕事が忙しく、葬儀に出られなかったことで、初枝は新兵衛を詰《なじ》った。

いつまでも些細《ささい》なことを覚えていて、そのことでねちねちと新兵衛を責める。毎日、初枝に厭味《いやみ》を言われることが鬱陶《うっとう》しく、新兵衛は仕事に精を出した。何日も家に帰らず、探索に明け暮れたこともあった。

久しぶりに帰って初枝の顔を見て、新兵衛は愕然としたことがあった。目がおかしかった。ふつうではないと思った。

医者に見せると、初枝は気うつの病を抱えているというのだった。今、初枝は一歩も外に出ようとしない。ひとと会おうとはしない。

新兵衛は女中の給仕で飯を食べた。虚《むな》しかった。

居間に入ってから、新兵衛は大きくため息をついた。

子どもはもう無理だ。だったら、養子をもらおうと初枝に相談したが、初枝の答は意外なものだった。

「あなたが他の女に産ませた子を、私に育てさせるおつもりですか」

あとは泣きじゃくった。

新兵衛のすることなすこと、初枝は気に入らないようだった。

久しぶりに新兵衛は早くふとんに入った。が、体は疲れているのに、なかなか寝つけなかった。

翌日、再び銀蔵のところで着替え、貸本屋の格好で、箕輪にやって来た。

伊兵衛店《いへえだな》という長屋の路地を入った。奥の広場で子どもたちが遊んでいる。傍らで、赤ん坊を背負った女が見ていた。

彦次こと新兵衛は、赤ん坊を背負った女に声をかけた。きのうはいなかった女だ。

「ちょっとお訊ねしやす。去年の暑い時期なのですが、この長屋に三十二、三の茶の格子の単衣を着た中肉中背の男がやって来たかどうか覚えておりませんか」

「だいぶ前のことねえ」

女は赤ん坊をあやしながら言う。

「弥八って男なんですが、ひょっとしてこの辺りに誰かを訪ねて来たのではないかと思うのですが」

「さあ、私は見ていません」

女はあっさり否定した。

すると、遊んでいる子どものひとりが、

「そのおじさんなら知っているよ」

と、言った。
七、八歳か。鼻を垂らしている。
「えっ、知っているのかえ」

「うん。顎十《あごじゅう》さんのところに」

「顎十？」

「顎が長い十蔵《じゅうぞう》さんだよ。顎に大きな傷があるんだ」

「その顎十さんのところに、弥八というひとが訪ねたのだな」

「そうだよ。顎十さんが見送りに出て、弥八と呼んでいたよ」

「よく覚えていたね」

「だって、それからすぐ顎十さんが引っ越して行ったただろう。だから、皆で、弥八がどこかへ連れて行ったんだって言っていたんだ」

「よく覚えていてくれたね。よし、ご褒美《ほうび》をあげよう」

巾着《きんちゃく》から小銭を出して、

「皆で何か買って食べなさい」

わあっと声を上げながら、いっせいに子どもたちが表通りに飛んで行った。

「顎十というひとは何をしていたんですかえ」

再び、赤ん坊を背負った女にきいた。

「彫金工ですよ。どこかの親方の所に通っていたみたいですけど」

「幾つぐらいで?」

「四十ぐらいかしら」

「独り者でしたかえ」

「ええ、独りですよ」

「どこへ越したかわかりませんか」

「田原町の親方の家まで遠いので、その近くに引っ越すとか言ってましたけど」

「その親方の名前は知りませんかえ」

「いえ、聞いてはいないわ」

大家の所に寄り、顎十こと十蔵のことを訊ねた。引っ越し先はわからないが、田原町の親方は藤蔵《とうぞう》というらしい。

しかし、田原町にある彫金工の親方を何軒か訪ねたが、藤蔵という親方はおらず、また十蔵という彫金工はいなかった。


新兵衛はいったん鎌倉河岸の『楓庵』に戻り、今度は遊び人に身を変えて、夜になって、本所の本法寺《ほんぽう》の裏手にある『酔どれ』という居酒屋に入った。

黒板塀の何の変哲もない店で、十人も入ればいっぱいになる店だが、板場の奥から鋭い目が覗く。

新兵衛はその鋭い目を無視して板場の横に向かった。さらに、そのまま行き過ぎると内庭に出る。

新兵衛は庭を突っ切り離れに向かった。すぐ向こうは本法寺の塀が続き、鬱蒼とした杜《もり》である。

離れの前にも危険な雰囲気を醸《かも》し出している若い男が立っていた。

「これは辰《たつ》兄い」

新兵衛はここでは辰蔵《たつぞう》という名で通っている。

「いるかえ」

「へえ。おります」

辰蔵こと新兵衛は廊下を進んだ。

奥の部屋から熱気が伝わって来るようだった。

盆茣蓙《ぼんござ》を商家の旦那ふうの男が取り囲んで、壺振《つぼふ》りの手を鋭い眼差しで見つめている。

新兵衛は隣の部屋に行き、あぐらをかいた。若い者がすぐに煙草盆《たばこ》を持って来た。

やがて、親分の時蔵《ときぞう》が近づいて来た。でっぷりと肥った男で、眉毛が異様に濃くて太い。潰《つぶ》れたような鼻をしている。

「相変わらず、繁盛しているな」

「旦那。これからです。まだ宵の口ですぜ」

時蔵は、新兵衛が小遣いをせびりに来たと思っているらしい。

この時蔵は、元は大盗賊一味の下っ端だった男だ。新兵衛がまだ定町廻りの頃に、その盗賊一味が御用になった。そのとき新兵衛は、この時蔵だけを逃がしてやった。恩を売っておけば、いずれ役に立つだろうと思ってのことだ。ただし、盗みは止めさせた。その代わり、いつしか時蔵は賭場を開き、今では一端の親分になっていた。

新兵衛はこの賭場を黙認している。それどころか、手入れの情報を事前に知らせたりしている。その代わり、小遣いをもらい、ときには盗人たちの情報を得ているのだ。

時蔵は地方から出て来たやくざ連中や、江戸で悪事を働き逃げ場をなくした者を秘かに匿《かくま》っているのだ。じつは、そうするように勧めたのが新兵衛だった。

毒を以て毒を制す。それが新兵衛のやり方であった。このことを知っているのは、誰もいない。むろん、青痣与力の青柳剣一郎とて知らないことだった。

「きょうは、ちとききたいことがあってな」

新兵衛は煙草に火を点けてから言った。

「なんですね」

「長兵衛って男を知らないか。年の頃なら五十前後。それから顎十と呼ばれるほどに顎が長く、その顎に傷がある男だ。名は十蔵。そして、二十二、三の中肉中背の弥八という男」

「長い顎に傷のある男ですって」

「知っているか」

「いえ、そうじゃねえんですが、一年ほど前に、沼津《ぬまづ》からやって来た若い男が話していやした。こいつも凶状持ちなんですがね」

時蔵は声をひそめて続けた。

「なんでも、駿府から浜松《はままつ》まで、東海道を荒し回っていた盗賊がいて、なかなか凶悪な連中なんだそうですが、その一味に長い顎に傷のある男がいたそうなんです。その凶状持ちの男は、その男から仲間に誘われたことがあったそうです。その男を江戸で見かけたと言っていたんで」

「すると、他の仲間も江戸にやって来ているってことだな」

「さあ、そいつはわかりませんが」

「その盗賊のかしらの名は知らねえか」

「闇太夫《やみだゆう》と呼ばれていたそうです。面を覆っているが、金ぴかの袴姿で、どっかの殿さまみてえな姿の男だそうで」

「顎十は闇太夫の手下か」

「へえ。でも、闇太夫が江戸にやって来るとは思えねえって、その凶状持ちの男も不思議がっていましたぜ」

「江戸に来ないというのはどういうわけだ?」

「つまり、江戸には町奉行所と火盗改が目を光らせている。でも、天領や旗本領などは代官所の役人だけだから怖くないってことでしょう。ただ、闇太夫に関しては、江戸から火盗改が浜松まで出張《でば》って行ったことがあると、凶状持ちが言っていましたぜ」

「そうか。わかった。で、その凶状持ちはどうした?」

「へえ」

時蔵は暗い顔をして、

「江戸から上州に逃げて行きましたが、殺した相手の身内に見つかり、なぶり殺されたってことです」

「上等な末期だぜ」

唇をひん曲げて言い、新兵衛は勢いよく立ち上がった。

時蔵がほっとしたような顔をした。

居酒屋を出てから、新兵衛は改めて闇太夫という盗賊のかしらに思いを馳せた。ひょっとして、長兵衛という男が闇太夫ではないか。顎の十蔵と弥八はその配下だ。しかし、決して江戸には近づこうとしなかった闇太夫が、なぜ江戸に現れたのか。何かを企んでいるのか。

やはり、何かある。新兵衛はそう確信した。

二

きょうも穏《おだ》やかな陽気だ。正月以来、ずっとこのような日が続いている。例年にないことだ。強風が吹き荒れる日は少なく、きょうまで平穏にきた。

長兵衛の件があって、警戒していたが、何事もなかった。連日の穏やかな日のせいか、それとももともと剣一郎が深読みし過ぎたのか。

継上下、平袴に無地で茶の肩衣、白足袋に草履を履いている。槍持、草履取り、挟箱持、若党らの供を従えて、比丘尼橋を渡り、堀沿いを行き、数寄屋橋御門内の南町奉行所に到着した。八丁堀から四半刻（三十分）もかからない。

今月は月番で、表門は開いているが、奉行所の者は横の門をくぐる。

玄関まで敷石が敷かれ、左右はきれいな小砂利である。

すでに仮牢にはきょうの吟味を受ける者たちが小伝馬町の牢屋敷から連れて来られていた。

相変わらず、玄関の右手の与力番所には訴願をする者が並んでいた。剣一郎はそれを尻目に与力部屋に向かった。

「おはようございます」

若い与力が挨拶をする。

剣一郎が文机の前に座ると、見習の坂本時次郎《さかもとときじろう》が茶をいれて持って来た。剣之助と仲のよい男だ。

坂本時次郎が緊張して湯呑みを置いた。

「相変わらず深川に足を運んでいるようだな。剣之助は毎晩のように帰りが遅い。ちょっと、度が過ぎるように思えるのだが」

「は、はい。すみません」

しどろもどろになった時次郎の様子がおかしい。

「時次郎。どうした?」

時次郎の目を見ると、狼狽《ろうばい》の色が浮かんだ。

「時次郎。何か隠しているな」

「いえ。なにも、ございません。失礼いたします」

「待て」

あわてて立ち去ろうとする時次郎を呼び止めたが、怯えたように振り向いた顔を見て、

「なんでもない」

と、剣一郎はそのまま帰した。

剣之助のことで、時次郎は嘘をついているのだ。おそらく剣之助に頼まれたのであろう。友情をとったかと、剣一郎は苦笑した。

それにしても、剣之助は何をしているのか。まさか、新しい女に懸想したのではないか。

茶を飲んでいると、ぼちぼち与力たちが出仕して来る。

誰かの声が聞こえた。

「新兵衛の内儀はほとんど外に出ないらしいな」

ぼそぼそと言っているが、剣一郎の耳には届いた。

「あの病気はなかなか治りづらいからな」

どうやら新兵衛というのは作田新兵衛のことらしい。

確か、新兵衛の妻女は旗本の娘であったと聞いている。子どもが出来ないことで悩んでいたらしいが……。

どんな病気なのかときこうとしたとき、同じ風烈廻り与力の牛島久次郎《うしじまきゅうじろう》が身を寄せて来た。長年胃弱で苦しんでいるせいか、病的なほどやせている。だが、顔色はそれほど悪くなく、声にも張りがある。

「青柳どの。ちと、よろしいか」

「なんでございましょうか」

剣一郎は体を牛島久次郎に向けた。

風烈廻り与力は剣一郎とこの牛島久次郎がおり、それぞれにふたりの同心がつき、二交替で巡回している。

「じつは小網町《こあみ》と神田佐久間町《かんださくま》の油屋から一升徳利に油を買っていった者がおるのだ。どちらも、小肥りの三十前後の男が買っていったという。同一人物に思える。妙だとは思わんか」

「妙ですね。いつのことですか」

長兵衛の件と関係があるのかもしれないと思った。

「小網町のほうは五日前、佐久間町は三日前だ」

「他の油屋にも当たってみたほうがよさそうですね。わかりました。私のほうの午後からの巡回で、油屋を当たってみましょう」

「やはり、怪しいか」

「何とも言えませんが、離れた場所で買い求めているのは何か後ろめたいことがあるからかもしれません」

それが付け火に結びつくかどうかははっきりしないが、剣一郎の背筋に戦慄《せんりつ》のようなものが走った。

剣一郎は立ち上がり、風烈廻り同心の礒島源太郎と只野平四郎のところに出向いた。

「よいか。巡回の折り、油屋があったら、一升徳利で油を買い求めた男がいたかどうか確かめるように」

「青柳さま。油屋に何か」

「うむ。牛島どのが言うには、小網町と神田佐久間町の油屋から一升徳利に油を買っていった者がいたそうだ。それも同一人らしい」

ふたりは顔を見合わせたあと、

「不審な行動ですね。そんな離れた所の油屋から、それに一升徳利に油とは」

と、礒島源太郎が言った。

「頼んだぞ」

「わかりました」


午後になって、剣一郎は礒島源太郎と只野平四郎といっしょに奉行所を出たが、途中で別れ、鎌倉河岸にあるそば屋『楓庵』に入って行った。

亭主が目顔で挨拶した。剣一郎は二階に上がった。

ここは作田新兵衛が隠密廻りの拠点としている家だ。奉行所で、そのことを知っているのは剣一郎だけである。

隠密廻りという役目がら、秘密裡に行動することが多く、さらにもって生まれた性格的なこともあり、新兵衛は奉行所の仲間からも得体の知れぬ男のように思われている。常に、変装して素顔を隠しているので、そう思われるのだろうが、新兵衛ほど実直に任務の遂行に邁進《まいしん》する者はいない。

四半刻（三十分）ほど待って、ようやく新兵衛がやって来た。

「お待たせいたしました」

着流しの町人の格好である。どうみても、やくざ者だ。町でちょっと見かけただけでは新兵衛とわからないだろう。

「ご苦労だ。で、どうだった？」

「はい。去年の夏、弥八は箕輪の顎十こと彫金工の十蔵という男を訪ねたことがわかりました。ところが、その十蔵がそれから数日後に引っ越しをしています。大家には、田原町の親方の家の近くに行くと話していたそうですが、田原町には十蔵が言うような親方はおりませんでした」

「去年の夏か。おそらく、長兵衛の手紙を受け取ったあとに弥八が十蔵のもとを訪ねたのであろう」

「じつは、十蔵のことで、たいへんなことがわかりました」

そう言って、新兵衛は東海道を荒し回っている闇太夫という男をかしらとする盗賊の話をした。

「闇太夫とな」

「人相、風体はわかりませぬ。いや、一味の者すべての人相が不明だそうです。ただ、十蔵と弥八が闇太夫の手下の可能性があります」

さすが隠密廻りである。独自の情報網があるのだろう。もちろん、その情報の入手先を問い質《ただ》すような無粋《ぶすい》な真似はしない。

「江戸には見向きもしなかった盗賊が、江戸で何かをするかもしれないのだな」

「はい。その可能性は強いかと」

さらに、新兵衛は続けた。

「火盗改が浜松まで出張ったが、取り逃がしたそうです。それで、今朝、火盗改の同心に会って、その一味のことを聞いて来ました」

「何かわかったのか」

「いえ。ただ、闇太夫は、去年の五月に浜松で豪商の屋敷に押し込み、二千両を奪ったのを最後に、ふっつりと押込みをやめているそうです。そのことを考え合わせても、奴らの次の標的は江戸ではないかと」

「そうか。で、闇太夫はいつ頃から押込みをやっているのだ」

「ここ十年ばかし」

「十年か」

『飛騨屋』が助けた長兵衛が闇太夫なら四十歳ぐらいのときから活動をはじめたということになる。

剣一郎は無意識のうちに手を拳に握りしめ、

「小網町と神田佐久間町の油屋から一升徳利に油を買っていった男がいた」

と、新兵衛に告げた。

「一升徳利に油ですか」

新兵衛は表情を変えた。

「同一人らしい。その店に行き、人相特徴を聞いて、弥八かどうか確かめて欲しい。弥八でなければ、新たな仲間の可能性もある」

「わかりました。いよいよ、怪しいですね」

「一刻の猶予もならぬ。奉行所挙げて、対処せねばなるまい。私は奉行所に戻る。そなたは、十蔵のいた盗賊のことをもう少し詳しく調べてくれ」

「はっ」

新兵衛は先に部屋を出て行った。

そのあとで、妻女の病気のことをきくのを忘れたことに剣一郎は気づいた。家庭に不安を抱えながらも仕事に励んでいることが痛ましい気がする。

少し間を置いてから、そば屋の表から外に出た。

ふと、風が出て来たような気がした。雲が流れている。久しく好天が続き、江戸の空気はからからに乾燥している。

雨でも降ってくれればよいと思ったが、西の空は明るかった。

剣一郎は奉行所に戻った。その頃から風が強くなった。まるで、それまでの穏やかな天候が嘘のようだった。

すぐに宇野清左衛門を通して長谷川四郎兵衛に会った。長谷川四郎兵衛に報告するのはお奉行に会うためである。もし、長谷川四郎兵衛の頭越しにお奉行に話を持って行ったら、あとでどんな災《わざわ》いがあるかもしれず、その面倒を回避するためには仕方なかった。

「で、お話とは」

いかにも面倒くさそうに長谷川四郎兵衛は顎を上げ、目線を下げて言う。

「先にお話ししました、長兵衛の儀でございます。調べた結果、火付けの可能性が高まりました」

長谷川四郎兵衛は顔色を変えた。

「青柳どの。ばかな冗談はおやめなさい」

口ではそう言ったが、明らかに長谷川四郎兵衛は狼狽しているようだった。

「冗談ではありませぬ」

これまでに明らかになったことを剣一郎は説明した。

「長兵衛は実は、東海道を荒し回っている盗賊のかしらで、闇太夫と呼ばれている男の可能性があります」

「闇太夫……」

長谷川四郎兵衛は呟いたきり絶句した。

「顎十と呼ばれた十蔵、それに弥八は一味です。江戸で大仕事をしようとして、今その準備にとりかかっているに違いありませぬ」

うむっと唸ったが、長谷川四郎兵衛は押し黙ったままだ。剣一郎の言ったことが正しくなってきたのが気に入らないのか。

だが、今はそんなことを言っている場合ではない。

「長谷川さま。幸い、きょうまで風のない穏やかな日が続いておりました。この先、闇太夫一味は風の強い日を選んで火を放つ可能性が強いものと思われますが、いかがでございましょうか」

剣一郎が迫ると、長谷川四郎兵衛ははっとしたように顔を上げた。剣一郎への怒りが先で、事の重大さが認識されていないのではないかとさえ思われた。

「長谷川どの」

見かねたように、宇野清左衛門が鋭い声を放った。

「闇太夫……」

また、長谷川四郎兵衛が呟いた。

「長谷川さま。ひょっとして、闇太夫のことをご存じで？」

剣一郎は不審を抱いてきいた。

「じつはお奉行が以前に勘定奉行どのから協力を要請されたことがあったのだ。ただ、そのときは火盗改が出張ることになり、当奉行所は関わらなかった」

「なぜ、遠国での盗賊騒ぎに、奉行所に協力の要請があったのでございましょうか」

「代官所では対応出来ないからだろう。ともかく、お奉行がお戻り次第、今の件をご報告申し上げておく」

お奉行はお城から戻ったあと、評定所のほうに出かけたという。

「早く手を打たねばなりませぬ。私の一存で手を打ちます。よろしいかな」

宇野清左衛門は言い切った。

「わかった」

長谷川四郎兵衛はようやく事態の重大さに気がついたようだった。

縁側に出てみると、庭の草木が風で大きく揺れていた。

夕方に、宇野清左衛門は定町廻りと臨時廻りの同心を年寄同心詰所に集めた。

定町廻りは南町奉行所に六名、臨時廻りも六名いるに過ぎない。最後に、巡回から戻って来た植村京之進《うえむらきようのしん》が駆け込んで来た。

「遅くなりました」

「いや、ご苦労」

宇野清左衛門が言う。

「さて。皆に集まってもらったのは、今、困った事態に陥ったからだ。青柳どのから」

宇野清左衛門に言われ、剣一郎は口を開いた。最近の剣一郎は宇野清左衛門の右腕のような存在に近かった。ただ、違うのは、奉行所で待機しているのではなく、自身も体を張って敵に立ち向かって行くところだろう。

「火を放ち、押込みをしようとする盗賊が動く気配を見せているのだ」

剣一郎は『飛驒屋』の一件からの経緯を述べ、闇太夫の話をし、いよいよ賊は行動を開始する気配が濃厚であることを話した。

「長兵衛を名乗った男は闇太夫と呼ばれるかしらと思える。賊の目的は不明だ。また、どこに火をつけるかも見当もつかない。火事のどさくさに紛れて金を奪うつもりなのかも」

「ご公儀に対する不満でしょうか」

植村京之進が興奮の面持ちで言う。京之進は、謀叛《むほん》だと言いたいのだろうが、この太平の世に、謀叛を起こす輩《やから》がいるとは思えない。

「まだ覚えていよう。火事を起こし、小伝馬町の牢屋敷に捕らわれていた者を脱獄させた一味のことを。その可能性がないわけではない。いちおう、記録を調べたが、闇太夫らに繋がる罪人は見つからなかった」

こうしている間にも、敵は着々と準備を進めているかもしれない。剣一郎はだんだん焦りに似た感情に襲われていた。

「まず、長兵衛、顎の十蔵、弥八、それに弥八のところを訪ねた女。さらに、油屋から一升徳利に油を買い込んだ男。それらの探索をしなければならない。作田新兵衛から、これまでの探索状況と、その者たちの特徴を話してもらう」

新兵衛は頷き、説明を始めた。

三

二月に入った。きょうは、朝から北風が強かった。

お奉行は北町奉行所にも協力を求め、各町の名主にお触れを出し、火事及び付け火の注意を呼びかけた。このお触れは町年寄から名主に伝わり、そして各町の月行事と呼ばれる五人組に通達される。

五人組は地主の代理人である家主によって作られ、自身番に交替で詰めている。当然、町火消にも用心を呼びかけ、町の巡回をさせた。南北の風烈廻りも町を巡回し、不審者の警戒に当たった。

ときおり強風で砂塵が舞い上がる。久しく雨が降っていないので、土埃がひどかった。夕方になっても風が収まる気配はない。それどころか、少し強まったような気がした。

風烈廻りは与力ひとりに同心ふたりの組が南北の奉行所で四組ある。江戸を四地域に分けて巡回することにした。

本郷、下谷《したや》浅草、神田日本橋北、京橋日本橋南のそれぞれの地域に分けた。風烈廻りの人員の関係で、そう割り切らざるを得なかった。

小石川、麴《こうじ》町など武家屋敷の多いところは辻番や大名火消などで警戒に当たってもらうことにした。

材木の買い占めを勧めた長兵衛の言葉を信用し、剣一郎は火付けの場所の見当は本所、深川を除いた。もし、深川が大火に襲われれば、材木も燃える可能性が強いからだ。

剣一郎は、長兵衛という男は明暦の大火を意識しているように思えてならなかった。

敵が大惨事を狙うとすれば、明暦の大火を参考にするはずだ。だとすれば火元は本郷だ。剣一郎は本郷一帯の巡回を重視した。この方面の巡回は剣一郎が行うことにした。

その日、剣一郎は夜になって礒島源太郎、只野平四郎を伴い、本郷に向かった。

風が埃を吹き飛ばし、夜空に星が瞬いていた。湯島天満宮の脇から本郷に向かう。途中、振り返ると、下谷、浅草、神田方面が一望出来た。町のひとたちは平和な眠りについている頃だ。

この江戸の町を守るのが我らの使命だと、剣一郎は心を引き締めた。

風が台地から吹き下ろして来る。本郷から火の手が上がれば、この風に乗って火の粉は下谷、神田方面に飛び散っていくだろう。

拍子木を打つ音が聞こえて来た。木戸番の番太郎だけでなく、町の若い者たちも夜回りをしているのだ。

「お寒うございます」

法被《はっぴ》姿の年嵩《としかさ》の者が挨拶をする。

「ご苦労だな」

剣一郎は声をかける。

「いえ。町を守るためでございますので」

角を曲がって行く若者たちを見送り、剣一郎一行は本郷に向かった。

「春平《しゅんぺい》、子どもは元気か」

礒島源太郎は只野平四郎に声をかけた。

同心仲間は只野平四郎のことを、親しみを込めて春平というあだ名で呼んでいる。名づけ親は定町廻りの植村京之進だ。あまり欲がなく、おっとりとしているから、そよそよと吹くそよ風のようだと誰かが言うのを受けて、京之進が春風のような平四郎だから春平だと言ってつけた名だった。

「はい。よく笑います」

「よく笑うと言っても、まだひと月かそこらだろう」

「はい。でも、あやすと顔をくしゃくしゃにして」

平四郎の父只野平蔵《へいぞう》が殺人鬼との闘いの末に亡くなったのと時を同じくして、妻女が男の子を産んだのだ。父の生まれ変わりですと、平四郎が報告に来た。

「そう言えば、妻女はまだ実家から戻っていなかったな。どうだ、具合は?」

剣一郎はふと思い出してきいた。

初産《ういざん》ということもあり、早々と実家に帰り、妻女は実家で産んだのである。

「はい。ようやくふとんから起き上がれるようになりました」

「そうか。それはよかった」

「はい。ですから、今は心置きなく任務に励むことが出来ます」

剣一郎は作田新兵衛の妻女に思いを馳せた。新兵衛の妻女は二度流産しているらしい。そのことから情緒不安定になっているようだった。

そのとき、目の前を桶が転がって来た。

「ひどい風だ。ふたりとも、急ぐぞ」

剣一郎は坂を下り、本郷通りに出た。そこから、風をまともに顔に受けながら北に向かう。

自身番の上に立つ火の見櫓に人影が見えた。暗闇の中に大きく広がる江戸の町。その中で、火の手が上がれば、ただちに半鐘を鳴らして火事を知らせる。

だが、剣一郎たちの仕事はそれではない。火事を起こさせないようにするのだ。付け火をする者がいるなら実行する前に取り押さえなければならない。

ここまで不審者は見当たらなかった。

「少し、休んでいこう」

目の前に見えた自身番に寄った。

「これは青柳さま。ご苦労さまにございます」

月行事の家主が挨拶する。

「すまないが、茶を馳走になりたい」

「はい。今、すぐに」

長火鉢の前にいた店番の男が鉄瓶の湯を急須に移し、それから茶碗に注いだ。

「さあ、どうぞ」

剣一郎は上がり框に腰を下ろした。礒島源太郎も端に座り、只野平四郎は立ったまま湯呑みを受け取った。

「すまぬが、連れにも茶をいれてくれないか」

飲み干した湯呑みを返して、剣一郎は立ち上がった。源太郎と平四郎も飲み終えた。

外で待っていた中間や小者たちと入れ代わった。

一服したあと、再び巡回に出た。

加賀《かが》家の屋敷の表門近くの道を左に折れると本郷菊坂台町《きくざかだい》である。風が何かを飛ばしたり、物が転がったりしているが、町は寝入って静かだった。

さらに坂を下がって行くと、菊坂町《きくざか》がある。起伏のある町だ。ここの台地に本妙寺がある。明暦の大火の火元だ。

ここから上がった火の手が江戸を焼き尽くしたのだ。

明暦の大火のあと、時の老中は防火対策を考えた新しい江戸造りを実行した。本所深川に新しい町を造ったり、材木置場を木場に作って、その場所に集中させたり、神社仏閣を移転させたり、各所に広小路を作って防火帯としたりした。

この辺りで火災が発生しても、明暦の大火当時の江戸の町並みと変わっており、あれほどの大火事にはならないかもしれない。だが、今度は付け火である。

菊坂の手前で引き返した。怪しい者の姿は認められない。

一行はさらに小石川片町《かた》から武家屋敷の一帯を抜けて小石川中富坂町《とみざか》へとやって来た。

だが、剣一郎は何か落ち着かない気持ちになっていた。たとえて言えば、忘れ物でもしたような、いやどこかに落とし物でもしたような割り切れなさである。

「戻ろう」

いきなり剣一郎が言った。

礒島源太郎と只野平四郎が顔を見合わせた。が、何も言わずに従った。

剣一郎が戻ったのは本郷菊坂町である。本妙寺が高台に建っている。なぜ、自分がここに引っかかったのか、よくわからない。ただ、さっき微《かす》かに頬の青痣が疼いたのである。

今までにも何度か、事件解決の糸口となる現場や事柄に遭遇したときに、青痣が疼くことがあった。なぜ、そうなるのかはわからない。だが、剣一郎は亡き兄が何かを伝えるために、青痣を疼かせるのだと思っていた。

剣一郎は町の端から端まで行ってみた。南は通りをはさんで空き地になっている。

剣一郎は谷底のような場所に立ったが、落ち着かない。礒島源太郎と只野平四郎は黙ってついて来た。

違う。青痣が疼きはじめたのはここではない。坂を上り、本郷菊坂台町まで戻った。

だが、さっき感じた疼きはなかった。何の刺激を受けたのか。剣一郎は茫然と寝静まった町を見回した。


暁の空が薄い光を放ってきた。風は収まっていた。

「無事に夜が明けたか」

剣一郎は大きく深呼吸した。

町の木戸も開き、納豆売りや豆腐屋の声が聞こえて来た。長屋でも朝が始まった。

奉行所に帰ると、下谷、浅草地区を巡回していた牛島久次郎も入れ違うようにして帰って来た。

「不審者には行き当たらなかった」

牛島久次郎が無精髭の伸びた顎をさすりながら言った。

「こっちもです」

剣一郎は答えた。

無事に一日を終えた。その安堵《あんど》感があってもよいのだが、剣一郎にはそれがなかった。それは、何もなかったのかという疑問と同時に、場合によっては内なる敵と闘わなければならなくなるという憂鬱からだ。

たった一日が無事に済んだだけで、賊の襲撃の有無について語れない。しかし、奉行所内はとりあえずほっとしている。

だが、今後の成り行きによっては困ったことになると、剣一郎は不安を覚えた。

その不安が的中したのは五日後であった。この間、強風の吹き荒れた夜が三日あった。そのたびに見廻りを強化したが、どこにも不審者は現れなかった。

まず、口火を切ったのは、予想通り、長谷川四郎兵衛だった。

「青柳どの。南北合わせての見廻りにも拘わらず、不審者は見つかりませなんだな」

その表情は酷薄そうに歪《ゆが》んでいた。

「そもそも、怪しい動きはあったのであろうか。そなたの考えでは、ここ数日の強風の夜こそ、絶好の放火の機会だったはず。それとも、敵は我らの警戒に恐れをなして、実行を諦《あきら》めたというのであろうや」

ねちねちとした言い方だった。

「青柳どの。そなたは先だって、わしに向かい、もし放火が行われたらどう責任をとるかと詰《なじ》られたな。では、こんな大騒ぎをさせて、あれは勘違いだった、放火が行われる事実はなかったと今さら言い訳をして済むとでもお思いか。さあ、どうなのだ」

「はっ」

剣一郎はぐうの音も出ない。

言っても、言い訳にしか過ぎない。

「どうなのじゃ。この始末、どうつけると言うのだ」

「もうしばらく警戒を緩めずにしていただけませぬか」

「なんだと。この期に及んで、まだそのようなことを。よいか。北町のほうでは、非常態勢を解き、平常に戻すと言って来たのだ。南町の面目は丸潰れだ」

「その儀につきましては、真《まこと》に申し訳なく思っております」

「青柳どのは近頃、少し逆上《のぼ》せておられるようだの」

長谷川四郎兵衛は唇の端を歪め、

「少しばかり手柄が続いたせいか、なにやら勘違いしているように見受けられるがいかがかな」

剣一郎はじっと堪えるしかなかった。

「青痣与力と讃《たた》えられ、そなたは天狗になっておるのだ。冷静ならば、何の変哲もなく見えることでも、青痣与力の眼力は鋭いのだと思い込み、勝手に解釈してしまう。周囲は、青痣与力の言うことだから問違いないと思い、それに従った。それが、このざまだ」

「長谷川さま。申し訳ありませぬ。もうしばらく警戒を」

「なんたること。わしの言うことを聞いておらんのか。そなたのために、周囲は振り回されたのだ。その責任をどうとるおつもりなのか」

「いかような責任もとりましょう。なれど、まだこれで安心というわけではありませぬ。この先に、賊が動き出すと」

「まだ、わからんのか。もう、この件は終わったのだ。闇太夫のことを持ち出し、あたかもその一味が江戸を焼き払うかのような不安を煽《あお》ったが、よく調べてみたら、闇太夫は残虐非道な盗賊だが、一度も火付けをしたことはなかったそうだ。よいか、青柳どの。火付けなどは闇太夫の手口ではないのだ」

　ふんと鼻先で笑って、長谷川四郎兵衛は、

「あとは、そなたが周囲を混乱せしめた責任をとるだけだ。だが、あくまでも我を張るというのであれば、お奉行直々にそなたの責任を」

「小網町と神田佐久間町の油屋から一升徳利に油を買っていった者がおります。せめて、この男が闇太夫と無関係とわかるまで……」

「ええい、くどい」

剣一郎の口を封じるように、長谷川四郎兵衛は立ち上がった。

「長谷川どの。お待ちくだされ」

宇野清左衛門がたまりかねたように口をはさんだ。

「最終的な処分はあとから行うこととして、当面の謹慎を申しつけてはいかがでありましょうか」

（謹慎）

意外な言葉に、剣一郎は覚えず宇野清左衛門の顔を見た。

「早とちりをし、周囲を混乱させた責任は謹慎がよろしいのではないでしょうか」

「わかり申した。ここは宇野どのに免じて、当面の間の謹慎ということにいたしましょう。処分は改めて」

長谷川四郎兵衛が冷笑を浮かべ、

「よいか。ただちに奉行所を立ち去り、謹慎されよ」

と、扇子の先を向けて勝ち誇ったように言った。

剣一郎は帰り支度を始めた。その頃には、長谷川四郎兵衛やその取り巻きの内与力たちが言いふらしたらしく、剣一郎が謹慎処分を受けたことを皆が知っていた。見習の剣之助が顔を青ざめさせて飛んで来た。

「父上」

「剣之助。ここは職場ぞ。父上と呼ぶではない」

剣一郎は叱《しか》りつけてから、

「心配いたすな」

と、声をかけた。

青痣与力の権威が失墜するかもしれない。そういう期待が、何人かの朋輩の目に浮かんでいた。

やはり抜きん出ている存在は目障《ざわ》りなのだ。もちろん、剣一郎の身を案じてくれる者や、謹慎をさせられたことに憤りを持った者もいた。

そんな朋輩の目を背中に受けながら、剣一郎は奉行所をあとにした。

相変わらず、からからの天気が続いている。陽光が眩しい。きょうは二月に入って最初の午の日、初午だ。

太鼓の賑やかな音が聞こえ、稲荷社の前では大勢のひとがたむろしていた。

王子《おうじ》稲荷、烏森《からすもり》稲荷、豊川《とよかわ》稲荷などの有名な稲荷以外に、商家の庭や裏長屋の路地にも稲荷社は至る所にある。どの稲荷社も赤い幟《のぼり》を左右に立て、御神酒《おみき》や赤飯、油揚、菓子などを供え、その前で、子どもたちが太鼓を叩いている。

そういう光景を目にしても剣一郎の意識には入らない。謹慎処分ということに衝撃を受けていたわけではない。

剣一郎の頭にあるのは、なぜ長兵衛が動かなかったかだ。

諦めたとは思えない。何か延期せざるを得ない事態が起きたとしか思えない。それは何か。

考えられるのは長兵衛の病気が重くなり、再び床についてしまったか、あるいは最近になって長兵衛が死んでしまったということだ。

そう考えたものの、そんなことはあり得ないと思った。もし、そうだとしても、十蔵や弥八がそのまま計画を実行するのではないか。

それともやはり、闇太夫が江戸で放火をすると思ったのは早とちりだったのだろうか。長谷川四郎兵衛の言うように、自分の思い込みに過ぎなかったのか。

それに、長兵衛が闇太夫だという証拠もないのだ。十蔵という長い顎に傷のある男が江戸に現れたのが事実だとしても、長兵衛が闇太夫だということにはならない。

作田新兵衛の調べで、一升徳利に油を買っていった男と弥八とは別人だったことがわかった。その男がどんな目的で遠く離れた別々の場所にある油屋から油を買い求めたのかわからないが、闇太夫との関係を示すものはなにもないのだ。

剣一郎は陽が高い日中に、楓川沿いを八丁堀に向かった。

帰宅し、「事情があって謹慎の身となった」と告げたが、多恵は動じることなく、普段どおりに接した。

奉行所から帰って来た剣之助があわてて、飛んで来た。

「父上」

怒ったような顔をしている。

「なんだ、うろたえて」

「なぜ、父上が謹慎になるのですか」

「父の不徳の致すところだ。だが、父は間違ったことをしたわけではないから、剣之助は堂々としておればよい」

たとえ、思い込みに過ぎなかったとしても、些《いささ》かでも犯罪の疑いがあればとことん調べる。その結果、何事もなければ、それでよい。それが江戸を守る者の務めではないか。そう思っているので、早とちりと非難されようが、剣一郎は今回の自分の行動を決して間違ったものとは思ってはいなかった。

「ですが、与力部屋ではいろいろなことが囁かれております」

「まあ、言いたい者には言わせておけばよいではないか。それより、剣之助。最近、元気がないように思える。何かあったのか」

「いえ」

「ひょっとして、女子《おなご》のことではないか」

剣之助はうろたえたようになった。

「どうだ。剣之助。一度、男同士、ゆっくり語り合おう。謹慎になった父に付き合ってくれ」

「いえ、私は自分のことは自分で。もう子どもではありませんので」

「そういうな。明朝、湯屋に行こう」

「は、はい」

剣之助は仕方なさそうに応じた。

翌朝、剣一郎は剣之助を伴い湯屋へ行った。

江戸っ子は風呂好きだが、朝から風呂に入るのは男がほとんどで、朝のうちは女湯は空《から》だ。その空の女湯を八丁堀の与力や同心は利用出来るのである。

石榴口《ざくろ》から入り、湯船に浸《つ》かる。湯気の立ったお湯がざっとこぼれた。

「久しぶりだな」

剣一郎はすぐに鼻のあたまに汗をかいてきた。

剣之助は少し離れた場所に入った。こいつ、何かきかれるのではないかと警戒しているようだ。剣一郎はさりげない調子で声をかけた。

「相変わらず、深川には行っているのか」

「最近、あまり行っていません」

「ほう、どうして？　あの女、なんと言ったか」

「およしです」

深川佃《つくだ》町の最下級の岡場所に、剣之助はよく通っていた。およしというのは『和《わ》田《だ》屋』の娼妓であった。

およしは深川の漁師の娘で、目が垂れ下がった色黒の顔にそばかすがあり、世辞にもよい器量とはいえない。だが、ひとを包み込むような温かみがあるようだ。

「まさか、また新しい女に心を惹かれたわけではあるまいな」

冗談めかしてきいた。

「いえ、違います」

表情を曇らせ、剣之助は弱々しい声で言った。

何かあったなと思ったが、へたに追及したらかえって口を閉ざしてしまいかねない。

ふたりの間に沈黙が訪れた間隙《かんげき》をついたように、男風呂からだみ声が聞こえて来た。

岡場所の話だ。どこぞの女は元が武家の出ではないかという話で盛り上がっている。武家の娘と聞いて、剣之助の表情が変わった。

「その後、あの娘はどうしておるのかな。志乃とか申したが」

「し、知りません」

剣之助は両手ですくった湯を顔に派手にかけた。明らかな狼狽が見てとれた。やはり、志乃とのことで何かあったのではないか。剣一郎はそう思った。


昼過ぎ、剣一郎は編笠をかぶり、浪人の姿で屋敷を出た。

謹慎の身である。屋敷に引きこもっていなければならないが、剣一郎はそっと抜け出したのだ。

その間、奉行所から誰かがやって来たとしても、多恵がうまく処理してくれるだろう。

剣一郎が向かったのは小石川にある近習番組頭の小野田彦太郎の屋敷だ。

一度、ある事件に絡んで、屋敷に出向いたことがある。

きれいに磨き込まれた廊下、汚れのない襖、手入れの行き届いた庭。主人の人柄が偲《しの》ばれると思った記憶がある。小野田彦太郎は穏やかな性格のひとであった。

別れ際、小野田彦太郎が、

「青柳どの。いずれ、お役目を抜きにして語り合いたいと思いますが、いかがでありましょうや」

と、誘われたことがあった。

が、それきり無沙汰に過ぎている。そのことを思い出し、改めて会いに行ってみようかと迷った。

小野田彦太郎が志乃の父親であることを知ったのは、それからしばらく経ってからであった。

屋敷に着いたが、小野田彦太郎は留守だった。きょうは非番だったが、午後から親戚筋の屋敷に出かけたという。応対に出た若党は、剣一郎のことを覚えていた。

約束もなく訪ねたのであり、留守も半ば覚悟していたことであったが、なぜか剣一郎はほっとした気持ちもあった。

その帰り、ふと思いついて本郷菊坂台町にまわってみた。

先夜、この一帯を見廻りしていたとき、何か落ち着かない気持ちに襲われたのだ。その理由は何かわからなかった。

あれはいったい何だったのだろうか。

本郷菊坂台町から坂を下がって菊坂町に出た。起伏のある町で、あの台地に本妙寺がある。

明暦の大火の火元だ。そうだ。あのとき心にひっかかったのは、本妙寺のことかもしれない。

剣一郎は坂を上がり、本妙寺の前に立った。

あれだけの大惨事を引き起こした大元が、なぜ、このような立派な本堂、鐘楼《しょうろう》、庫裏《くり》などを再建出来たのか。

しかし、そのことは今、剣一郎が抱えている懸念とは違う。では、やはり、別のことで何かを感じ取ったのか。

しばらく山門前に佇《たたず》んでいたが、明確な答えを得ることが出来ず、諦めて踵《きびす》を返した。

湯島聖堂が見えて来たとき、本郷妻恋町に油屋があったのを思い出した。

剣一郎は妻恋町に足を向けた。

油屋は妻恋坂の近くにあった。油と書かれた暖簾がかかっていて、店先には油の入った樽が並んでいた。

ちょうど、亭主らしき頭髪の薄い男が油差しから客の持って来た器に油を移しているところだった。

まっすぐに垂れた油の最後の滴が切れて、亭主は傾けていた油差しをようやく元に戻した。

客が帰ったあと、剣一郎は亭主に訊ねた。

「つかぬことを訊ねるが、最近、一升徳利を持って油を買いに来た男はおらぬか」

「ええ、おりました」

「なに、いたか。どんな男か」

「へえ、歳の頃なら四十前後。顎の長い男でした」

「その顎に傷はなかったか」

「へい。確かに、傷はありました」

「それは、いつ頃だ」

「先月の半ば頃だったでしょうか」

「その後、その男はやって来たか」

「いえ」

そこに油を買いに客が来たので、剣一郎は亭主に礼を言って店を出た。


その夜、屋敷に幼馴染みの橋尾左門《はしおさもん》が訪ねて来た。

左門は花の吟味方与力である。とにかく融通のきかない男で、役所では幼馴染みという間柄を忘れたように、剣一郎に対しても厳しい対応しかしない。が、いったん、屋敷に戻ると、人懐《ひとなつ》っこい幼馴染みの顔を見せる。

酒の支度をして来た多恵に、左門は恐縮しながら、

「どうぞ、お構いなく」

「今夜は主人も呑みたいでしょうから、どうぞ存分にお付き合いください」

多恵はそう言って部屋を出て行った。

「いい奥方だ」

左門が感心して言う。

「さあ、いこう」

剣一郎は酒を注ごうとした。だが、左門はそれを抑えて、

「じつは、宇野さまからの言づけだ」

と、居住まいを正した。

「宇野さまから」

宇野清左衛門は、ふたりが親しい間柄であることを知っていて、左門を使わしたものと思われた。

左門は奉行所にいるときのように気難しい顔つきになった。

「謹慎中は、出仕する必要もないが、屋敷に監視を置くわけではないので気晴らしに外に出ることは構わない。そう伝えてくれと」

「そうか。宇野さまは私のことを信じてくれていたのか」

外に出ても構わないとわざわざ伝えて来たのは、長兵衛の件を調べろということかもしれない。

「それから、隠密廻りの作田新兵衛も謹慎処分にしたということだ」

「よし、わかった。青柳剣一郎が感謝申していたと伝えてくれ」

「うむ。これで、用件は終わりだ。では、さっそくいただくか」

膝を崩し、左門は盃《さかずき》を突き出した。

苦笑して、剣一郎は酒を注いでやった。

「ところで、その件だが、どうなのだ、見通しは？」

左門は表情を引き締めてきいた。

「闇太夫の手下の顎十らしき男が妻恋町の油屋から一升徳利に油を買い求めていたことがわかった。やはり、闇太夫は付け火を企んでいると思えてならない」

「だが、行動に出る気配がなかったそうではないか」

「奴らにとって思わぬ事態が出来《しゅったい》し、延期を余儀なくされたと見ている」

「思わぬ事態とは？」

「長兵衛の身に何か起きたのかもしれない」

剣一郎は長兵衛の病気のことを左門に話した。

「なるほど。長兵衛が死んだ可能性もあるな」

「どこかの町医者にかかっている可能性のほうが強いと思う。その町医者を見つけ出せれば、そこから隠れ家を見つけられるかもしれない」

「しかし、人手が足りないな。作田新兵衛だけでは」

「いや。なんとかする」

剣一郎は文七《ぶんしち》の手を借りるつもりで呼んであった。普段は小間物屋として行商に出ているが、剣一郎の手足となって働いてくれる男だ。なんでも、多恵の父親に恩を受けたということで、多恵の依頼で剣一郎の下で働くようになった。

左門が引き上げたのと入れ違いに、作田新兵衛がやって来た。

まだ、左門の温もりが残っている部屋で、剣一郎は新兵衛と向かい合った。

「宇野さまより、謹慎処分を受けました。謹慎中、青柳さまのお力になるように申しつかってまいりました」

新兵衛は報告した。

「うむ。ご苦労だが、頼む」

「はあ」

「顎十らしき男が妻恋町の油屋に現れた」

「えっ、ほんとうですか」

剣一郎はその話をしてから、

「奴らが実行に踏み切れなかったのは長兵衛の身に何かあったからかもしれぬ。医者を当たり、長兵衛らしき患者を診察したかどうか調べてもらいたい」

「わかりました」

作田新兵衛が去ったあと、文七がやって来た。いや、新兵衛が来ていたので、文七はどこかで待っていたようだ。

「なんなりと仰せつけください」

文七は澄んだ目を向けた。

「すまぬが旅に出てもらいたい」

「わかりました」

「東海道だ。じつは東海道を股にかけて荒し回っている盗賊のことを調べて来て欲しい。かしらは闇太夫と呼ばれる男だ」

剣一郎は事情を説明した。

「なにしろ、一味の素性は誰もわからない。謎の一味だ。ただ、わかって来たのは長兵衛と名乗った闇太夫と思われる男は五十ぐらい、顎の十蔵は四十過ぎ……」

剣一郎は一味の特徴を話し、

「なんでもいい。一味の情報を摑んできてくれ」

「わかりました。さっそく明日にでも」

「通行手形は用意しておく」

「はっ」

文七が去ったあと、多恵がやって来た。

「謹慎中は、お客さまの応対はいかがいたしましょう」

与力の元を訪れる客は多い。頼みごとに来るのだ。もちろん、手ぶらでは来ない。手土産持参か、金を包んで来る。これらの客の応対に出るのは多恵である。

しかし、多恵の場合は頼み事の客ばかりではない。貧しい者たちが、多恵に相談しにきたりする。

「いちおう、謹慎の身なれば門を閉じざるを得まい。ただし、貧しい者たちはそなたに会いに来るのだから、相談に乗るのは構わぬ」

「わかりました。では、そうさせていただきます」

夫が謹慎処分を受けたというのに、多恵は動揺も不安も見せない。肝が据わっているると感心する。もしかすると、宇野清左衛門の腹の内を読んでいるのかもしれない。

四

翌日から、新兵衛は商家の番頭ふうの格好で町医者を一軒一軒まわった。同心の姿のほうが聞き込みにはいいが、それをしなかったのは謹慎の身であるからだ。

羽織を着て、すたすたと歩く新兵衛はどう見ても、商家の番頭であった。

まず本郷周辺からはじめ、湯島、神田、下谷から浅草の医者とまわった。

だが、長兵衛らしき患者を診たという医者にはぶつからなかった。町医者は流行《はや》り医者もあれば、藪なのか、あまり患者のいない医者もいた。その方面にも顔を出したが、どうもうまくいかない。

青痣与力の言うように、長兵衛の身に何か起きて、計画を延期した可能性が強い。そうでなければ、先日の烈風の夜が火付けには絶好の機会だったはずだ。それをみすみす見逃したのは、何か事情があったのだ。それが長兵衛の病状の悪化ということは十分に考えられる。

新兵衛は手を抜くということを知らない男で、医者を探している間にも髪結床があれば、そこに入ってそれとなく顎十のことを訊ねた。なにしろ、顎に特徴があるのだ。一度見たら、ひとの記憶に残っているかもしれないのだ。

探索から三日目。久しぶりに雨が降った。かなりまとまった雨で、これは好天が続いて乾燥していた町にとって恵みの雨と言えた。

その雨の中、新兵衛は番傘を差し、ぬかるんだ道を難渋しながら、相変わらず医者巡りを続けた。きょうは日本橋から京橋のほうに向かった。その途中に髪結床があれば、そこに足を向けた。

新兵衛は医者と髪結床の二ヵ所を歩き回っているのだ。

京橋を渡り、なにげなく入った丸太新道にある髪結床で、そこの客から反応があった。

「長い顎に傷のある男なら何度か、京橋の南にある呑み屋で見かけましたぜ」

職人ふうの男が新兵衛に教えた。新兵衛は、その長い顎に傷のあるひとに命を助けてもらったが、名前を言わずに去ったので、こうして探しているのだという口実を作っていた。

「そうか。そいつはいい心がけだ。呑み屋は『越後《えちご》』って言うんだ。中ノ橋の近くだからすぐわかる」

「ありがとうございました」

夕方になって、水谷町の京橋川沿いを中ノ橋に向かった。相変わらず雨が降り注いでいる。

川の向こう側は竹河岸と呼ばれ、竹問屋が並んでいる。

橋の近くに呑み屋があった。風が出て来たのか、『越後』と書かれた提灯の明かりが雨に霞《かす》んで見えた。

傘を閉じ、新兵衛は暖簾を潜《くぐ》った。

「ちょっとお訊ねします」

商家の番頭らしく、腰が低く、瘦せてひょろっとした亭主に訊ねた。

「十蔵という長い顎に傷のあるひとなんですが」

「顎の……」

やがて、亭主は思い出して、

「最近、二、三日に一遍やって来るな。いつもひとりだ。いや、名前は知らねえ」

「ありがとうございました」

新兵衛は外に出て、待つことにした。

強い雨脚だ。番傘を打ちつける音が大きい。寒い。寒さに強いほうだが、新兵衛はときおり、足踏みをした。

すっかり暗くなったが、ほとんど人通りはない。きょうのような雨の日は大工などは仕事が出来ない。仕事帰りらしい男がやって来たが、部屋の中で仕事をする職人であろう。

新兵衛は中ノ橋の袂で、いかにも人待ち顔で立っていた。

六つ半（七時）を過ぎても現れないので、新兵衛は再び『越後』の暖簾を潜った。

今度は客としてである。

さっきの亭主は板場にいるようで、店先には小娘がいた。新兵衛は酒といたわさを頼んだ。

「よく降りやがる」

入って来た客が手拭いで顔から肩を拭いている。

暖簾を潜る者がいると、さりげなく目をやるが、顎十らしき顎の男ではなかった。

徳利を追加して五つ半（九時）近くまで待ったが、顎十は現れなかった。


翌朝、ようやく雨が上がった。昼間は医者を訪ね廻り、夕方になって、また京橋川河岸にある呑み屋『越後』の前にやって来た。

きょうも番頭の姿だった。

暮六つ（六時）に、新兵衛は店に入った。小娘に酒と焼き魚を注文した。

ぼちぼち客が入って来て、そのたびに小娘の、「いらっしゃいませ」という甲高《かんだか》い声が轟いた。いつの間にかほぼいっぱいになった。が、間もなくふたり連れが帰り、その空いた席にすれ違うように入って来た隠居ふうの年寄りが座った。

まずいと思った。もし、ここに顎十が現れたら、入口で引き返してしまう。

新兵衛は勘定を置いて立ち上がった。

「毎度、ありがとうございます」

小娘の声に送られて暖簾を潜ったところで、新兵衛はあっと思った。顎の長い男がこっちにやって来た。

男は新兵衛の脇から暖簾を潜った。顎に傷があるか、よくわからない。

振り返ると、男はさっきまで新兵衛がいた場所に腰をおろした。それを見届けてから、新兵衛は川の辺の暗がりに身をひそめた。

船が静かに下って行く。小僧が提灯を持ち、商家の旦那が横切って行った。浪人者がすれ違う。

新兵衛は中ノ橋の脇にある柳の木の陰にひそんだ。

半刻（一時間）経って、顎の長い男が『越後』から出て来た。

新兵衛に気づかず、男は中ノ橋を渡り、柳《やなぎ》町から因幡《いなば》町にやって来た。

そして絵草子屋の横の長屋に入って行った。新兵衛は長屋の木戸口から路地を覗いた。すると、男は奥から二軒目辺りの家に入った。

新兵衛はゆっくり路地を入った。明かりの漏れている家もあるが、長屋は静かだった。

男が入ったと思われる家の前に立った。腰高障子に大工の使う鑿《のみ》の絵が描かれている。中から子どもの声が聞こえた。

新兵衛はおやっと、はじめて不審を持った。

隣の家の戸が開く音がしたので、新兵衛は急いで木戸のほうに戻った。振り向くと、中年の女が井戸端に向かっていた。

手に着物を持っている。汚してしまったので、洗いに出て来たようだ。それから、すぐに顎の長い男が出て来た。便所に行くようだ。

「どうした、またおしめを汚したか」

顎の長い男が声をかけた。

「そうなんだよ。なかなかおしめがとれなくてねえ」

「うちの餓鬼なんざ、未《いま》だに寝小便していら」

そう言い、男は便所に入った。

違う。人違いだと、新兵衛は吐息を漏らした。世の中には顎に特徴を持つ男が何人もいるということだ。

翌朝、念のために因幡町の長屋にやって来て、顎の長い男について聞いてまわった。やはり、古くから住んでいる出職の大工ということだった。その男の顎に傷はなかった。念のために、去年の夏ごろに、別の場所から越してきたことはないかと周囲の者に聞いてみた。ないという答だった。

もはや、別人だということがはっきりした。

探索は振り出しに戻った。こういうことはしょっちゅうだ。いちいち落胆などしていられない。

こういう積み重ねがあって核心に迫っていくのだ。新兵衛は粘《ねば》っこい気質を持っていた。焦らず、物事に食らいついていく。隠密廻りの役目に適していると言っていい。

相変わらず、医者巡りに精を出し、また合間に髪結床に寄った。医者巡りを始め、すでに十日近く経っていた。

東堀留川の東岸にある新材木町に、石坂伯安《いしざかはくあん》という名前だけは立派な医者がいた。めったに患者は来ず、世間に忘れられたような医者だった。

新兵衛はたまたま目についたので土間に入った。昼間なのに薄暗くて陰気臭い。奥に声をかけると、澄ました顔の女が気取って出て来た。

「いや。診察ではありません。ちょっと、ひと探しをしております」

急に、生活に疲れたような表情になった。

「先生はおられますか」

「奥に」

女はどうぞと言った。

部屋に上がって奥に行くと、十徳《じっとく》姿の男が酒を呑んでいた。顔が赤い。だいぶ出来上がっているようだ。

「先生。お邪魔します」

新兵衛は伯安の前に座った。

伯安はとろんとした目を向けた。

「そなた、病気とは無縁のようだ。五十年配。わしに何のようだ」

「ひとを探しております。胃を患っていたようです。胃に何か腫れ物が出来ている。最近、そういう患者を診たことはありませんか」

「さあな」

「伯安先生」

新兵衛は気合をいれるように強い口調になった。伯安はびくっとして顔を上げた。

「なんだ、あんたは？」

新兵衛は舌打ちした。これでは埒《らち》が明かないとみて、立ち上がろうとしたとき、後ろから女が気だるそうな声で言った。

「そういう患者さんの使いの方が、三日にいっぺん薬をとりに来ますよ」

新兵衛は振り返った。

「使い？　病人は？」

「いいえ。来ません」

「なぜ、患者が来ないのに薬が出せるのですか」

「使いの女のひとが、病人は五十歳の男で、胃に腫れ物が出来ている。そのような症状にいい薬を調合して欲しいと言って来ました」

「病人の名は？」

「長兵衛さんです」

「長兵衛……」

ついに行き当たったと、新兵衛は小躍りしたい気持ちを抑え、

「そのひとはどこに住んでおられるのですか」

と、静かにきいた。

「蔵前だと言っておりましたが、はっきりわかりませんでしたけど」

「薬というのは高価なものなのでしょうね」

「はい」

「三日ごとに、女がとりに来るのですね」

「三日ごととは決まっていませんが、遅くとも五日以内にはやって来ます」

「どんな女ですか」

「細面のあだっぽい年増でした」

弥八を訪れた女かもしれない。

「今度、いつ薬をとりに来るのですか」

「二日前に来ましたから明日ぐらいに」

町医者伯安から三日ごとに薬をもらいに来る女。その薬は長兵衛のためのものだ。

その女を待ち伏せし、あとをつければ長兵衛の居場所がわかる。

新兵衛は口調を改めた。

「じつは、せっしゃは八丁堀の者だ。わけあって姿を変えているが、空いている部屋を貸してもらいたい」

新兵衛は身分を明かし、協力を求めた。

「はい。どうぞ」

女はおどおどして言った。伯安は相変わらずうろんな目をしていた。

翌日は夕方まで待ったが女は現れなかった。そして、女が現れたのは二日後の夕方だった。

やや面長だが、切れ長の目と受け口が色気を漂わせている。首が細くて長い。

女は受け取った薬を唐草模様の風呂敷に包み、胸に抱えて伯安の家を出た。

新兵衛はすぐに飛び出した。女は驚くほどの細身で、柳腰に覚えず目が奪われそうになる。

浜町堀のほうに向かうと思ったが、女は通旅籠町《とおりはたごちょう》を突っ切り、さらに小伝馬町の通りを横切り、牢屋敷の前を過ぎた。

やはり、蔵前から来たというのは嘘だったようだ。すれ違った職人が女を振り返った。男好みの顔なのだ。

新兵衛は俯《うつむ》きながら歩いて行く。他人が見ても、決して女を尾行しているとは気づかないだろう。

女は神田川を和泉《いずみ》橋で渡った。橋を渡り切ると、そのまま真っ直ぐ歩いて行く。この先は御徒町《おかちまち》で、武家屋敷の建ち並ぶ一帯になる。

が、女は神田松永《まつなが》町の角を左に折れた。

横目で女の姿を確認し、新兵衛はそのまま真っ直ぐ同じ歩調で角を行き過ぎた。そして、すぐに踵を返した。

端から見れば、考え事をしていて、ついうっかり道を間違えたというように思えるだろう。

女は神田相生《あいおい》町の横町に入った。新兵衛は辺りに注意を払った。女の仲間がどこかに潜んでいるかもしれない。

辺りは暗くなって来た。暮六つ（六時）の鐘が鳴り始めた。

女が格子造りの家に入って行ったのを確かめて、新兵衛は引き上げた。深入りして、感づかれたら元も子も無くなる。

新兵衛はその足で、両国橋を渡り、弥八が住んでいた南六軒堀町に向かった。大家に、女の特徴を確認するためだ。新兵衛の探索は緻密《ちみつ》だった。

五

翌朝。出仕する剣之助を見送ったあと、剣一郎は濡れ縁に出て、習性のように空を見上げた。謹慎の身になって、もう半月以上経った。

謹慎中ということで、剣一郎を訪れる客も少なく、静かな日々が続いている。しかし、剣一郎は心休まることはなく、毎日、忍びで探索に出ている。

幸いなことに、雨が降る日も多く、風のない穏やかな日も続いたので、大きな火事の知らせはなかった。

そういう平穏な日々が続くと、剣一郎はだんだん自信をなくしてきた。ほんとうに長兵衛は火を放つのか、考え過ぎではないのか。

もし、火を放つのであれば、好機はいくらでもあったのだ。だが、奴らは動かなかった。

もう一度出発点に立ち返ってみようと思い、昼過ぎになって、剣一郎は深川木場の『飛騨屋』を訪れた。

ひなびた風情の枯山水の庭に面した客間に、剣一郎は通された。これみよがし的な華美さがなく、落ち着いた風情の庭を、剣一郎も気に入っていた。

「いつ見ても、落ち着いたいい庭だ」

剣一郎はつい見とれた。

「恐れ入ります」

剣一郎は顔を戻し、

「その後、材木のほうはいかがした？」

「はい。青柳さまのお話を伺いましてから、手控えました」

「ほう。買い占めはやめたのか」

「はい」

ちょっと間を置いてから、

「惨事を待ち望んでいることになるというお言葉が胸に応えました。ひとの不幸に乗じて儲けようなどとはほんとうの商人ではありませぬ」

と、飛騨屋はきっぱりと言い、

「ことに、付け火の可能性があるとしたら、それを期待しての買い占めなど、恥ずかしい所業にございますゆえ」

「よう申した、飛騨屋。しかし、それまでにだいぶ買い占めているはずだ。もし、火災が起きなければ、どうなる？」

飛騨屋は辛そうな顔になり、

「おそらく商売は立ち行かなくなりましょう。命取りになるかもしれません。これも、私が欲に目が眩んだせいでございます」

と、自嘲気味に笑った。

長兵衛の陰謀を食い止めることは飛騨屋を倒産に追い込む結果となる。だが、飛騨屋は倒産もやむなしと腹を括《くく》っているのかもしれない。

「もう一度、訊ねたい。長兵衛はいつ火の玉が降ると話していたのか」

「はい。数ヶ月の内と」

前回聞いたとおりの答だ。

「もう一度、思い出して欲しい。離れで養生中、長兵衛のことで何か気づいたことはないか」

「さあ、これといって重要なことは」

飛騨屋は小首を傾《かし》げた。

「なんでもよいのだ。どんな些細《ささい》なことでも」

「申し訳ございません。思い出せません」

その後、いくつか訊ねたが、手掛かりになるようなことは聞けなかった。

「いや、邪魔をした。何か思い出したことがあれば、どんなことでもいいから知らせて欲しい」

「畏《かしこ》まりました」

飛騨屋に見送られて、外に出た。

歩き出して、いくらも経たないうちに、飛驒屋が追って来た。

剣一郎は立ち止まって振り返った。

「ちょっと思い出したことがありまして。いえ、たいしたことではないのですが、念のためにと思いまして」

飛驒屋は荒い息づかいで、

「長兵衛に娘がいたことは、お話ししたと思います」

「うむ。確か、おとせという名だったと記憶しているが」

「はい。長兵衛は、どこに住んでいるかもわからないと言っておりましたが、ほんとうは居場所を知っていたのかもしれません」

「ほう、どうしてそう思うのだ？」

「じつは、その後、おとせさんに会いたくないのですかと何気なくききましたら、今は幸せに暮らしているそうだから、会いに行く必要もないのだと言っておりました」

「なるほど。長兵衛は娘の消息を知っていた可能性があるな」

「はい。それきり、話に出ませんでしたので、すっかり忘れておりました」

「そうか。参考になった。礼を申す」

「いいえ、とんでもありませぬ。お呼び止めして申し訳ありませんでした」

飛驒屋は丁寧に頭を下げた。

剣一郎は笠をかぶって歩き出した。

長兵衛は娘の居場所を知っている。火を放ったら、おとせが住んでいる家も被害を被るかもしれない。

それを承知で火を放つだろうか。その前に、そこを離れるように伝えるのではないか。

だが、どうやって娘を避難させるのだ。火事が起きるからと言って、あっさり聞き分けるとは思えない。

ふと、剣一郎は立ち止まった。

説得が無理なら、強引にどこかに拉致《らち》するまでだと考えないか。火災が収まってから、解放する。

剣一郎は両国橋を渡り、米沢《よねざわ》町の自身番に寄った。

「あっ、青柳さまでは」

店番の者が浪人姿の剣一郎を見て腰を浮かせた。

「定町廻りの植村京之進はやって来たか」

「はい。半刻（一時間）ほど前に」

「そうか。邪魔をした」

巡回の京之進はもっと先に向かっているようだ。定町廻りの巡回は、各町の自身番に次々に寄って、何事もないかときいて行くのだ。

これから向かう予定の自身番に行き、京之進が現れたかを確かめ、さらに先に進んで、ようやく須田《すだ》町の自身番で、京之進と出会った。

「青柳さま」

謹慎中の剣一郎がなぜ、外に出ているか、その理由を京之進は知っている。

八辻ケ原まで、京之進は黙ってついて来た。

立ち止まり、剣一郎はやっと用件に入った。

「ここ数日で、若い女が行方不明になっている事件はないか」

「行方不明ですって。いえ、聞いておりません」

いきなりの質問に面食らったように、京之進が答える。

「そうか。この先、そのような事件が発生したら、すぐに知らせて欲しい」

「承知しました。でも、いったいどういうわけで？」

京之進は真剣な眼差しを向けた。

「長兵衛に娘がいたらしい。おとせという名だ」

剣一郎は自分の考えを説明した。

「おとせが今、どこにいるかわからない。独り者か嫁いでいるかも」

剣一郎はわかっているのは名前だけだと言い、

「長兵衛は火を放つ前に、おとせを避難させるはずだ。その場合、おとせが素直に従うとは思えない。強引に避難させるはずだ」

「わかりました。そこから、長兵衛の行方が手繰れるかもしれませんね」

「もし、おとせに亭主がいた場合、亭主が騒がないように威《おど》して、訴え出ないようにさせているかもしれない」

「町役人にも十分に注意するように伝えておきます」

「頼んだ」

京之進は剣一郎に対して尊敬の念を抱いている。だから、剣一郎のやることに対して疑問を持たないのだ。

京之進と別れたあと、再びつむじ風のように不安が突然起こった。

すべて自分のひとりよがりの考えではないかという不安だ。実体のない恐怖に、勝手に恐れおののき、騒いでいる。そんな気がしてきた。

むろん、それならそれでいい。人騒がせの罪は免《まぬか》れえない。それでも、江戸の危機が回避される、否もとからなかったことならば、それに越したことはない。

そう思う一方で、またもそれを否定する声が心の奥から聞こえる。一つ一つを積み重ねていけば、火付けに向かって突き進んでいるとしか考えられない。

だとしたら、なぜ、あの強風の吹き荒れた時期に行動に移さなかったのか。その疑問に、またも突き当たるのだった。

第三章　江戸炎上寸前

一

煙草《たばこ》売りの格好をした新兵衛は神田相生町にやって来た。

きのう、医者伯安の家から尾行した女が入って行った家は格子造りの洒落《しやれ》た家だった。

伯安の女房には蔵前だと言っていたが、実際にはここに家があったのだ。

新兵衛は向かいの『ひさご屋』という小さな乾物屋に入った。店先に昆布や鰹節《かつおぶし》、大豆などが並んでいる。

「あの家には、男のひとがいますか。煙草を売りに行こうと思っているんですよ」

と、新兵衛は店番の女房に訊ねた。三十路を幾つか過ぎた色黒の肥った女だった。

「あそこは男のひとはいませんよ。お連《れん》さんというひとがひとり暮らし」

「女のひとり暮らしですかえ」

「ええ、そうですよ」

「五十歳ぐらいの男のひとはいませんでしたかえ。ひょっとしたら、病気になって家の中で寝ているのかも」

「いいえ。あそこにはそんなひと、いないと思いますよ。ただ、ときたま三十過ぎの男が訪ねて来ますよ」

「三十過ぎ？　中肉中背の、遊び人ふうの男じゃありませんか」

「ええ、そんな感じでした」

男の特徴は弥八に似ている。

お連は長兵衛のための薬をもらいに来たのだ。しかし、長兵衛はここにはいない。では、薬をどうするのか。弥八がその薬を取りに来るのか。

「男は毎日来るのですかえ」

新兵衛は女房にきいた。

「いいえ。三日に一遍ぐらいです。それも、いつも小半刻（三十分）もしないで帰って行くようですよ」

「そのあと、女はどうするんですか？　家から出て来るんですかねえ」

「いいえ、出て来ません」

質問の内容がおかしいと思ったのか、女房は不審そうな顔をした。

新兵衛は構わず、ひとなつっこい笑みを浮かべてきく。

「男が来るのは何時頃ですかえ」

「夕方かしらねえ」

あと一刻（二時間）ほど時間がある。

「きょうは来るでしょうか」

「さあ、どうでしょうか。きのうは来なかったみたいですから、来るかもしれませんよ」

ここからお連の家は丸見えである。日がな一日、外を見て過ごす女房の見る目は確かだ。

「その男のひとは煙草を買ってくれるでしょうかねえ」

「さあ、どうかしら」

女房が笑った。

「男はどっちから来るかわかりやすか」

また女房は不審そうな顔をしたが、

「一度、御徒町の通りで見かけたことがありますよ」

と、答えた。

これ以上、きいていくと怪しまれると思い、

「御徒町ですね。ありがとうございました」

と、新兵衛は礼を言い、素早く銭を握らせ、

「あっしが、いろいろきいていたことは内密に願います」

「わかっていますよ」

女房は眦《まなじり》を下げて言った。

背中の荷を担ぎ直して、新兵衛は外に出た。

乾物屋の外に出てから、新兵衛は思案にくれた。

お連の家を一瞥《いちべつ》し、御徒町のほうに向かった。

御徒町の通りに出た。右に行けば、町家があり、神田川に出る。しかし、男は武家屋敷のほうから来たのだ。

武家屋敷を抜けると、鳥越、蔵前、さらに駒形《こまがた》、浅草だ。男はその方面から来ているのかもしれない。

新兵衛は相生町に戻り、お連の家の前をゆっくり行き過ぎた。途中で引き返し、家を見通せる路地に身を隠した。

半刻（一時間）ほどして、御徒町方面から遊び人ふうの男がやって来た。三十過ぎだ。弥八かもしれない。案の定、お連の家に入って行った。

それからさらに四半刻（三十分）後、乾物屋の女房が言うように、男がお連の家から出て来た。

手に小さな風呂敷包を持っていた。間違いない。薬だ。これから長兵衛のところに届けるのだ。

男は神田松永町を抜けた。新兵衛は荷を背負ってあとをつけた。

男は御徒町から三味線堀を通り、浅草阿部川《あべかわ》町にやって来た。不思議なほど、警戒心がない。

さらに男は新堀を渡り、駒形に出た。新兵衛は巧みに尾行を続け、男が吾妻橋を渡るのを見た。

男が橋の真ん中辺りに辿《たど》り着いてから、新兵衛も橋を渡り始めた。

が、新兵衛は駒形辺りから自分のあとについて来る男に気づいていた。やはり、遊び人ふうの男だ。裾をつまんで、一定の距離を保ちながらついて来る。

前を行く男の仲間だと、新兵衛は直感した。まずいと、舌打ちした。このまま、男のあとをつけて行ったら、尾行していることに気づかれてしまう。

男は橋を渡ると、左に曲がった。寺島村のほうに行くのか。

新兵衛はそれ以上の尾行は危険だと察した。橋を渡ると、男と反対方向に折れた。

後ろから来た男が、新兵衛の後ろ姿を見ているのに気づいた。

途中で振り返ると、男が寺島方面に向かったのが見えた。

たまたま仲間が駒形にいたのか。いや、そうではない。仲間が、用心のために待ち構えていたのだ。

尾行は失敗した。だが、明日だ。新兵衛はそのまま土手を両国橋に向かった。

新兵衛は夜更けに屋敷に戻った。

あれからもう一度、神田相生町に行き、お連の家を見張ってみた。だが、出入りする者はなかった。

一刻（二時間）ほど見張ってから、鎌倉河岸のそば屋『楓庵』に行き、同心の姿に戻った。

そして、青柳剣一郎の屋敷を訪れ、これまでの報告をして帰って来たのだ。

青柳剣一郎は、新兵衛の探索の結果に満足してくれた。新兵衛は、そのことがうれしかった。苦労が報われた思いがするのだ。

（なんとか、青柳さまのお力になりたい）

そう思わせる何かが、青柳剣一郎にはあった。

女中が眠そうな目で迎えに出たが、新兵衛は女中をそのまま休ませた。

新兵衛は妻の寝間の襖を開けた。有明行灯の明かりにぼんやり妻の寝姿が見える。向こうを向いていた。

寝ているのではない。顔は見えないが、目を開けてじっとしているに違いない。新兵衛は掛ける言葉を見出せなかった。

新兵衛の家は代々同心の家系だ。新兵衛も子どもの頃から、江戸のひとびとを守るのが同心の務めであると教え込まれて来た。

新兵衛は三十三歳で定町廻りになり、四十一歳で臨時廻り、そしてすぐに隠密廻りに上り詰めた。

同心の中でも花形の三廻り、その中でもさらに有能な者がなる隠密廻りにまでなった。自分でも誇れると思っているし、それだけの仕事をしてきたという自負もあった。だが、出世を喜んでくれるべき妻と心が離れてしまっている。

どうしてこうなってしまったのだと悔やんでみても、新兵衛に他にどのような手立てがあったというのか。

すべては誤解からはじまっている。二度も子どもを流産し、精神的にも平静ではなかったときだった。妻は勝手な妄想に苦しんでいるのだ。

そんな妻を哀れんだが、どうしてよいのかわからなかった。


翌朝、雀の囀《さえず》りで目覚めた。

だが、妻は起きて来ない。女中が、風邪気味で横になっていますと言った。嘘だろう。顔も見たくないのかもしれない。

新兵衛は女中の給仕で朝飯をとったあと、自分ひとりで着替えた。

そのまま出かけようとしたが、妻の寝間に行った。

襖を開けた。やはり、妻は顔を向けようとはしない。

「出かける」

声をかけたが、返事はない。

襖をそっと閉めかけたが、途中で止め、

「ひょっとしたら、今夜は帰れないかもしれない。戸締りを十分に」

やはり、返事はない。もちろん、それを期待したわけではなかった。

新兵衛は襖を閉めた。

新兵衛は屋敷を出た。風が不気味な唸り音を発している。こんな日に火をつけられたらたいへんな惨事になる。

心を残して門を出て、強風に向かって歩いて行くうちに、新兵衛はいつもの隠密廻りの顔になっていた。

まっすぐに鎌倉河岸のそば屋『楓庵』に入った。

裏口からこっそり出たときの新兵衛はぼろの着物を身につけ、乞食の姿になっていた。

新兵衛はそこから吾妻橋に向かった。汚い乞食に通行人は眉をひそめて通る。若い女は遠回りをして行く。ぼさぼさの髪、顔や手足は垢《あか》で汚れ、着ているものもぼろぼろだ。

どうみたって、きのうきょう乞食になったとは思えなかった。

風が強く、土埃を舞い上げている。

吾妻橋を本所側に渡り、土手の下に下りた。岸に流れついている木や板を拾って来て、塒《ねぐら》を作った。

万が一に備え、ここをずっと塒にする乞食に思わせるためだ。

それから、新兵衛は三囲神社の参道の入口辺りに筵《むしろ》を敷いて座った。竹屋の渡し場もよく見渡せる。

きのうの男はここを通り、さらにもっとこの先に行ったと思われる。

新兵衛の乞食はうずくまるように座り、じっとして上目遣いで通る人間を観察していた。遊び人ふうの男を見ると、新兵衛の目から鋭い光が放たれるが、違うと見極めると、元のように虚ろな目に戻る。

相変わらず風が強い。ときおりつむじ風が起き、塵を舞い上げた。きょうは渡し船も運航をやめているようで、茶店も暇そうだった。

この先には牛の御前社や長命《ちょうめい》寺などがあり、参拝客も多い。また、有名な料理屋もあって、目の前を通るひとが結構いた。

ときたま、新兵衛の前にある笊《ざる》に銭を投げ込んで行く者もいる。そのたびに、新兵衛は哀れを催す声で礼の言葉を発する。

夜になると、新兵衛は笊に溜《た》まった銭を懐に仕舞って立ち上がる。そして、近くにある茶屋でずだ袋からお碗を出して飯をわけてもらった。

夜は、吾妻橋の下で寝た。夜半から風が弱まった。

ふいに妻のことが蘇った。毎日、ひとりぽっちで何を思っているのだろうか。

初枝が嫁いで来たのは十七歳のときだった。そのとき、新兵衛は二十九歳だった。

無骨な新兵衛は、自分なりに初枝を慈《いつく》しんできたつもりだった。

自分の殻に閉じこもってしまった初枝をどうしたら救えるのか。離縁してやるのも、その方法の一つだろうか。

しかし、初枝には帰る家はないのだ。このまま、作田家で一生を終えるしかない。

そう思ったとき、今まで考えもしなかった恐怖が新兵衛に襲い掛かった。

「まさか」

新兵衛はつい口に出した。

まさか、自害することはないだろうか。発作的に死を選んでしまう。その可能性もなきにしもあらずだ。

そう思ったとき、草を踏む足音がして、新兵衛ははっとして身構えた。

出の遅い月明かりが一つの影を浮かび上がらせていた。その影がぎょっとしたように立ち止まった。

むっとした悪臭が漂った。ぼろをまとった乞食だった。新兵衛に気づいて、乞食はのそのそと離れて行った。

翌日の昼下がり、弥八かもしれない例の男が牛の御前社のほうからやって来た。

新兵衛の乞食にちらりと目をやっただけで、そのまま、男は吾妻橋のほうに向かった。

やはり、同じように、その後ろに男がついている。用心しているのだ。

新兵衛はじっとしていた。勝負は男の帰りだ。

きょうは渡し船がたくさんのひとを運んでおり、船に乗るひと、下りるひとで、土手は賑わっていた。

それから一刻（二時間）以上、新兵衛はじっと筵の上に座っていた。

ようやく、例の男が戻って来た。今度は新兵衛のほうを見向きもせずに去って行った。

ふたり目の男が源森橋《げんもり》のほうからやって来た。その男を上目遣いで見送る。男が少し先に行ってから、新兵衛は立ち上がった。

いかにも乞食らしくおぼつかない足取りで、あとをつける。

桜の樹も芽吹き出している。長命寺を過ぎてから一町（約一〇九メートル）ほど行ったところで、男が消えた。

少し遅れて到着すると、桜の樹と樹の間に、川のほうに行く小道があった。新兵衛はそこに入った。

男の姿が見えない。川岸に向かう途中に右に行く道らしい跡が僅かにあった。そこを行くと、やがて防風林に囲まれた建物が見えてきた。

近づこうとしたが、あの家の二階からこっちは丸見えだ。迂闊《うかつ》には近づけないと思い、引き返すことにした。

いったん引き上げ、夜になってから忍び込むことにした。

新兵衛は土手の反対側の田圃のほうに下り、最初に目についた百姓家に向かい、野良着姿の百姓に声をかけた。

「いえ、恵みは結構です。今、土手の向こうに家を見つけたんですが、あの家はどなたの家でしょうか」

百姓は眉をひそめながら、

「以前、江戸の豪商の別邸だったところだ。今は、誰も住んじゃいねえはずだ」

「そうですか。ありがとうございました」

新兵衛は土手に戻った。

土手の上を三囲神社のほうに戻って行くと、小柄な目つきの鋭い男とすれ違った。長兵衛の仲間かもしれないと思わす、凄味が感じられた。

新兵衛は再びさっきの場所に戻って筵の上に座り、夕方になるのを待った。

竹屋の渡しの最後の船が出て、茶屋も店を閉めた。常夜灯の明かりがくっきり闇に浮かんだ。

新兵衛もおもむろに立ち上がり笊と筵を片づけた。新兵衛はさっきからこっちを気にしている男に気づいていた。

筵を小脇に、ずだ袋を首にかけ、だらしのない格好で歩き出した。男はつけて来る。さっき別邸まで行ったことに気づかれていたのか。

源森橋を渡り、新兵衛は吾妻橋の下に作っておいた塒に入った。おそらく、つけて来た男はまだいるだろう。ときたま草を踏む音がする。暗がりの中からじっとこっちを見ている気配がしていた。

新兵衛は暗がりの中で、ずだ袋から着物を取り出して着た。乞食の格好から町人の姿に戻った。

夜九つ（午前零時）をまわってから、新兵衛は動いた。辺りにひとはいない。つけて来た男も去ったようだ。

警戒が厳重だということは、あの屋敷が長兵衛の隠れ家であることに間違いないような気がした。

新兵衛はそのまま、青痣与力の屋敷に向かった。

八丁堀も寝入っている。新兵衛の足音が夜陰に響いた。

与力の屋敷は冠木門である。新兵衛は潜り戸を叩いた。やがて、小者が出て来て扉を開けた。

「これは作田さま」

「夜分、すまん。明日の朝、これを青柳さまにお渡しいただきたい」

「は、はい。畏まりました。旦那さまを起こさずともよろしいのですか」

「こんな時間だ。申し訳ない。また、明日の朝お伺いするとお伝えいただこう」

新兵衛はそう言い、青柳剣一郎の屋敷を後にした。

初枝のことを考えたが、新兵衛は迷った末に、自分の屋敷に帰らず、そのまま吾妻橋に向かうことにした。

へたに屋敷に帰り、妻を刺激するのもよくないし、また妻の不機嫌な顔を見るのも気が重かった。

町木戸はすでに閉まっており、潜り戸を開けてもらいながら、吾妻橋までやって来た。

橋を渡り切り、月明かりを頼りに、土手から橋の下に下りた。歩くたびに草が鳴る。

ふと、血の匂いがした。新兵衛ははっとして身を伏せた。しばらく様子を窺《うかが》っていたが、ひとの気配はない。

新兵衛は用心しながら月の光の射さない橋の下に向かった。血の匂いが強くなった。

新兵衛の塒の近くでひとが倒れていた。新兵衛は提灯に火を点け、布で覆って明かりが外に漏れないようにして死体を調べた。

乞食だ。心の臓が一突きされていた。

きのうの乞食がこの塒に入って寝ていたのだ。そこに、何者かが襲い掛かったのだ。俺に間違えられたのだと、新兵衛は思った。

(すまなかった)

新兵衛は合掌し、すぐに近くの自身番に走った。

二

きょうは風もなく、波もあまり立っていない。

剣一郎は小舟の上で釣り糸を垂れていた。が、笠の内から、岸にある屋敷を見ていた。

きょうで二日目である。

きのう目覚めたあと、作田新兵衛からの手紙を読んだ。そして昼間、すぐに釣り船を出した。

そしてきょうもまた船から、その家の様子を窺っていた。

土手に岡っ引きの姿が見える。新兵衛に間違われて殺された乞食の事件の探索だ。

「もう少し、うわてにやってくれ」

剣一郎は船頭姿の新兵衛に言った。きょうは、新兵衛が船頭を買って出た。きのう、きょうと新兵衛はあの別邸の探索を中止している。

相手からすれば、怪しい乞食を殺したのだ。安心しているはずだ。警戒心を与えないためにも、新兵衛は活動を控えた。

「青柳さま。誰か出て来ました」

剣一郎は釣り竿を持っていないもう一方の手で、笠を少し上げた。確かに、草むらに人影が見え隠れし、やがて土手に上がって行った。

「三人ぐらいいます」

「長兵衛らしき男はいないようだな」

「はい。ふたりは私が見た男のようです」

少し遠いが、背格好で判断がつくのだろう。

あそこに長兵衛がいるかどうか、新兵衛はまだ確認出来ていないのだ。しかし、一味の者が隠れ住んでいるのは間違いない。

迂闊には踏み込めなかった。長兵衛を取り逃がしたときのことを考えると、へたな真似は出来ない。用心深い男のことだ。捕まえるのが難しくなる。

それから半刻（一時間）ほど釣り糸を垂らしていたが、剣一郎は船を旋回させた。

あの屋敷からこっちを誰かが窺っているかも知れず、この場は両国のほうに戻った。

新兵衛と別れ、剣一郎は神田相生町のお連という女の家に向かった。

『ひさご屋』という乾物屋の前と聞いていたので、すぐにわかった。家はひっそりとしている。その家の前を通り過ぎた。

横にある櫺子《れんじ》窓も閉まっている。

少し先の自身番に寄った。各町で、家主が月行事という五人組の組織を作っていて、順番に自身番に詰めていた。

浪人姿の剣一郎に店番や家主は訝りながらも何かの探索であろうと、書き物をしていた手をとめて顔を上げた。

「そこの横町に、お連という女が住んでいるが」

剣一郎はきいた。

「はい。色っぽい女子のことでございますね」

「うむ。そのお連はいつからあそこに住んでいるのだ？」

「半年ほど前からでしょうか。明神下の茶屋で働いていたそうです」

「で、今は誰かの世話を受けているのか」

「はい。本郷で古道具屋を営んでいる男だそうで」

「本郷だと？　本郷のどこだ？」

「菊坂町です。『古銭堂《こせんどう》』という名だと、あの家を借りるときに話しておりました」

「『古銭堂』か」

とっさに思い浮かんだのは明暦の大火の火元、本妙寺のことだ。もちろん、本妙寺は関係ないが、いつぞや菊坂町を見廻っていて、落ち着かない気分に陥ったことがあったのを思い出したのだ。

自身番を出てから、お連の家の前に戻ってみた。

ちょうど、格子戸が開いて、中から女が出て来たところだった。なるほど、細面の色っぽい女だった。

二十五、六か。女のあとをついて行く。

お連は下谷御成道を突っ切って明神下にやって来た。本郷に向かうのかもしれないと思っていると、お連は神田明神の境内《けいだい》にある料理屋に入って行った。

間を置いて、剣一郎も料理屋の門を入った。

笠をとると、左頰の青痣が女将の目に入った。

「青……」

大柄な女将は目を見張ったあとで、剣一郎の目を見てあわてて声を止めた。

「すまないが、今入った女の隣の部屋に案内してもらえないか」

剣一郎は小声で頼んだ。

「わかりました」

戸惑いながらも、女将は仲居から女の入った部屋を聞き出し、自ら案内に立った。

内庭に面した座敷で、奥から二番目の部屋に通された。奥の部屋に、お連が入ったようだ。

女将が自ら茶を運んで来てくれた。

「どうぞ、ごゆるりと」

女将が出て行ったあと、剣一郎は耳を澄ました。

女の声が聞こえる。

「いけませんよ、若旦那。真っ昼間じゃありませんか」

「いつまでお預けさせるんだ。私だって生身の人間だ」

若い男の声だ。

「だから、あの家で。そしたら、誰にも遠慮なく」

お連が妖しく笑った。

「じゃあ、どうして早く引っ越して来ないのだ。もう、一ヶ月以上も空き家のままだ」

「だって、旦那がなかなか承知してくれなかったんだもの。でも、やっと手が切れそう。こっちの始末はじきにつきそうだから、二、三日のうちには移るわ」

「今度はほんとうだな」

「ええ」

お連が色仕掛けで、金持ちの若旦那をたぶらかそうとしているのか。

相手が仲間でなかったことに、剣一郎は落胆した。

まだ、文七は旅から戻ってこない。どこまで行ったのか。ひょっとしたら浜松まで行ったのかもしれない。

仲居の声がした。仲居が隣の部屋に料理を運んで来たようだ。

半刻（三十分）ほど経って、剣一郎は立ち上がった。そのとき、隣の部屋の障子が開く音がした。

剣一郎はそっと廊下に出た。

若い男が鉤《かぎ》の手の廊下を曲がり、厠に向かった。横顔を見た。色白の優男《やさおとこ》だ。

剣一郎は玄関に向かった。

女将が出て来た。

「どこの若旦那だ？」

「はい。木挽町にある足袋《たび》問屋の『近江屋《おうみや》』さんの秀太郎《ひでたろう》さんです」

「秀太郎は、あの女に騙されているかもしれんな。折りがあれば、気をつけるように声をかけてやったほうがいいかもしれない。もっとも、あの調子では聞く耳を持たんだろうがな」

「わかりました」

女将から編笠を受け取り、剣一郎は料理屋を出た。

だが、なんとなく腑に落ちなかった。お連が長兵衛の一味だとしたら、あんな若旦那にかかずらっている暇はないはずなのだが。

その足で、剣一郎は本郷に向かった。

途中、いたる所で咲き誇っている梅を見た。近くの湯島天神の梅は見事であろう。剣一郎は梅に一瞥《いちべつ》をくれただけで、あとは見向きもせずに、本郷菊坂町に向かった。

その頃にはもう日が暮れかかっていた。

古道具屋の『古銭堂』を見つけるのに時間がかかった。間口一間足らずの狭い店で奥行きもなく、火鉢、鉄瓶などが申し訳程度に並べられているという感じだった。

あまり流行っているとは思えず、ここの亭主がお連を囲っているとは信じ難かった。

店の前を行き過ぎた。しばらく行くと、屋敷地になり、御家人や旗本の屋敷が建ち並んでいる。

御家人の屋敷から旗本屋敷の長屋門が見えてきた。その門の前から引き返した。

再び、『古銭堂』の前に差しかかると、男が戸を閉めているところだった。

三十半ばと思える男だ。へたに声をかけ、長兵衛と関係していたら、こちらの動きを悟《さと》られてしまうことになるので、剣一郎はそのまま素通りした。

軒行灯に明かりを灯した酒屋があったので、そこに入って『古銭堂』について訊ねた。

「留吉《とめきち》さん、あそこの主人ですが、一昨年ぐらいから体を壊して、今は臥《ふ》せているようです」

「留吉は、この土地の生まれか」

「いえ、二十年ぐらい前に、夫婦でここに店を開いたんですよ」

「さっき、三十半ばぐらいの男が戸を閉めていたが、あの男は？」

「最近、親戚の者だという男が入り込んで、閉めていた店をはじめました」

「最近？」

「へえ。三ヶ月ぐらい前からでしょうか」

「その前は？」

「へえ、一年以上、店仕舞いをしていました」

「亭主にかみさんは？」

「何年か前に亡くなってます。子どもがいなかったので、ひとり暮らしですよ」

「亭主はいくつぐらいなのか」

「五十はとうに過ぎてます」

「あそこにひとの出入りは？」

「ときたま男が出入りしています。客かどうかわかりませんが」

「そうか。邪魔したな」

「へい」

剣一郎は酒屋を出て、もう一度、『古銭堂』の前を通った。

そして、闇に浮かんでいる本妙寺の堂宇が目に入った。また、落ち着かない気持ちになった。青痣がなんとなく疼く。

何かが見えてくる。その手前で思考が停滞していた。何かが気になっているのだ。どうも、それは本妙寺に絡んでいることのようだ。だが、本妙寺のことは、剣一郎にとって緊急の課題ではない。ならば、何がそれほど迷わせているのか。


その夜、夕餉のあとで剣之助を呼んだ。

剣之助はおずおずと入って来た。やはり、何か屈託を抱えているように思える。女のことかもしれない。

「奉行所で何か変わったことはないか」

剣一郎は剣之助の目を見つめてきいた。

「皆さま、父上はお元気かと声をかけてくださいます。特に、宇野さまは顔を見るたびに父上のことをお訊ねになります」

「そうか」

もう半月以上、皆と顔を合わせていないのだ。

「長谷川さままで、お父上のことを気にかけておいででした」

「長谷川さまがな」

長谷川四郎兵衛は厭味《いやみ》を言う相手がいなくて口ざみしいのかもしれない。

奉行所のことをきくのは口実で、じつは剣之助の屈託に切り込もうとしていた。それを察しているのか、剣之助が口を開いた。

「沖村さまはお尻の御出来が腫れて座るのが辛そうでした」

市中取締諸色調掛りの沖村彦太郎のことだ。

「それから、工藤兵助さまがお見合いをするそうです。なんでも、本多さまの……」

「剣之助」

剣一郎は剣之助の言葉を遮《さえぎ》った。

「はっ」

「最近、帰りが遅いようだが、およしの所か。それとも、新たに店を開拓したのか」

「いえ、違います。父上。ちょっと手がけている用事がございますので」

剣之助は逃げて行った。

翌朝のことだった。剣之助が出仕したあと、るいがやって来た。

すっかり女らしく成長した娘に目を細め、

「どうした、るい」

と、剣一郎はやさしく声をかけた。

るいは剣一郎の前に正座した。形のよい眉に切れ長の目。きりりとした顔立ちは、だんだん、多恵に似てきた。若い頃の多恵を見るようだった。

「父上。兄上のことでございますが」

るいが口を開いた。

「何か知っているのか」

「はい」

「申してみよ」

「るいが申したとは兄上には」

「わかっている」

「お琴のお稽古《けいこ》から帰って来たら、兄上がお部屋で涙をこらえておいでのようでした」

「なんと」

「お志乃さんと声を漏らしたのを聞きました。それだけでございます。どうか、兄上をそっとしておいてあげてください」

なるほど、父が剣之助にしつこく訊ねるのを見かねて、るいはそのことを話す気になったらしい。

「わかった。るい、心配いたすな」

兄思いのるいを頼もしく見送った。

そのあとで、多恵に言った。

「るいはほんとうにいい娘になった」

多恵はおかしそうに笑った。

「何がおかしい?」

「るいといると、いつも目尻を下げているように思えましして」

「そんなことはない。そろそろ新兵衛が来るころだ」

威厳を取り戻すように、剣一郎は厳しい声で言った。が、はたと気づき、

「じつは新兵衛の妻女の具合がよくないらしい」

と、多恵に話した。

「どうも、心の病らしい。もし、時間があったら様子を見てきてくれまいか。新兵衛が仕事に明け暮れており、妻女も心細がっていようから」

「畏まりました」

多恵が言ったとき、若党の勘助が、新兵衛がやって来たことを知らせに来た。

三

水神の杜《もり》の上で烏がけたたましく鳴いている。天気が変わるのだろうか。

梅も咲き、風にも温もりを感じる。厠《かわや》の帰り、長兵衛は縁側に立ち止まって外を眺めた。柴垣の向こうに葦原が続き、その向こうは隅田川である。すぐ右手で綾瀬《あやせ》川に流れ込んでいる。

隅田川には白魚船が浮かんでいる。長兵衛の目は市中に向いていた。待乳《まっち》山や浅草寺の五重塔の向こう側に広がる江戸の市中に思いを馳せているのだ。

「お加減に障りませんか」

そうきいたのは顎の長い男、十蔵である。

「いや。きょうはだいぶいい。薬が効いて来たのだろう」

「それはようござんした」

十蔵は続けて、

「じつは、始末した乞食ですが、どうやらほんものの乞食のようで」

「そうか。災いの元は未然に防いでおいたほうがいい。隠密同心かもしれなかったのだからな」

「はい」

「それより、あっちの様子はどうだ？」

「はい。三吉《さんきち》からの知らせでは、もうふとんの上に起き上がっているそうです。医者の話では、あと二、三日もすれば、外に出られるようになるということです。そしたら、会いに来ると」

「あと、二、三日か」

長兵衛は厳しい顔で空を眺めた。

娘のおとせのことである。長兵衛が二十年前に水茶屋の女に産ませた子だった。実の父親が病気で寝込んでいる。最期にひと目会いたいと言っていると、役者崩れの三吉を使いに出している。

桜の花の咲く頃までは北北西や北西の風が強く吹く。その風に乗れば、江戸の中心地は炎に包まれる。

「よし。おとせを保護出来たら、すぐに実行に移す。皆にもそのように伝えておけ」

「わかりやした」

長兵衛は臥所《ふしど》に戻った。

ふとんに横たわると、『飛騨屋』の離れに世話になっていたときのことが蘇る。

どこの馬の骨とも知れぬ男のために、飛騨屋惣五郎は親身になってくれた。長い間、人間不信だった長兵衛には思いもよらぬことだった。

飛騨屋はだいぶ材木を買い占めたようだ。せめてもの恩返しにと買い占めを勧めたが、その意味もあと少しでわかってくれるだろう。

長兵衛は目を閉じた。

この十数年、配下の者二十名を束《たば》ね、駿河、遠江から近江、美濃、伊勢、尾張と豪農の屋敷に押し入り、家人を容赦なく斬殺し、千両箱を奪って来た。

さんざん悪いことをした報いが今やって来たのか、病魔に襲われた。胃の腫れ物がだんだん大きくなっているような気がする。死を悟ったとき、急に江戸が恋しくなったのだ。

不思議なことだった。二十年前、江戸を出奔《しゅっぽん》してから、一度たりとも江戸に帰りたいと思ったことはなかった。娘にだって関心を示さなかった。

それが、病に冒され、死期を悟ったとき、生まれ育った江戸で死にたいと思うようになったのだ。

「おかしら」

廊下で声がした。障子に映った影を見て、

「弥八か」

と、長兵衛はきいた。

「どうした、何かあったか」

弥八は長命寺に近い川べりにある元豪商の別邸を住処《すみか》にしている。そこに、半数以上の手下もいる。

「はい。じつは、妙な小舟がまた停まっていました。笠をかぶった浪人が釣り糸を垂れているのですが、きのうも同じ場所におりました」

「浪人だと」

長兵衛ははっとした。

（青痣与力……）

役者崩れの三吉の情報によると、先日も『飛騨屋』に青痣与力が訪れたという。さすが、青痣与力だ。飛騨屋の材木買い占めから、長兵衛の付け火の計画を見抜いたのだ。

もし、当初の予定どおり、一月から二月はじめにかけての強風の日に実行していたら、巡回の目に晒《さら》されたかもしれない。

だが、奉行所の警戒はなくなった。青痣与力も謹慎処分を受けたらしい。それも、三吉が摑んできたことだ。

三吉は宮地《みやち》芝居の役者だった男で、十年前までは両国広小路や浅草奥山の小屋に出ていたのだ。馴染《なじ》みの茶屋女にふられ、店先で大暴れをして江戸十里四方払となった。

三島《みしま》宿で乞食同然でうろついていたのを、長兵衛が声をかけ、仲間に引き入れたのである。

役者であるだけに、いろいろな者に化け、探索をするには打って付けの男だった。目をつけた豪商の屋敷の事前の調べも、ほとんど三吉がやった。

今も、奉行所の動きなどを調べるために、髪結床や風呂屋、そして自身番や木戸番屋などに顔を出して、情報を集めている。

三吉のおかげで、早くから奉行所の動きは摑めていた。

謹慎になりながら、青痣与力はまだ疑いを解いていないようだ。ひとりで嗅《か》ぎまわっている。

「その浪人、もしや青痣与力かもしれぬな」

長兵衛は言って吐息をついた。

「おかしら、どういたしましょうか」

弥八が緊張した声を出した。

「用心のためだ。別邸を引き払ったほうがよさそうだ。もう、実行まであと数日足らずだ。皆を持ち場に分散させろ」

「わかりました。で、青痣与力は？」

「あの別邸に誘《おび》き出して始末するのだ。郷田《ごうだ》さんと八巻《やまき》さんにやってもらおう」

郷田鎌太郎《かまたろう》と八巻亀之助《かめのすけ》は共に食いっぱぐれ浪人だったのを、江戸にやって来てから長兵衛が拾ってやったのだ。

「わかりました」

弥八が去ったあと、長兵衛は大きく深呼吸し、昂《たかぶ》る神経を鎮《しず》めた。いよいよ、そのときがやって来るのだ。

一年前からの計画をいよいよ実行に移すのだ。

江戸を焼き払うことが主ではない。どさくさに紛れて金を奪おうというのでもない。これまで稼いだ金はすべて手下に分け与えることにしている。

長兵衛の取り分は僅かなものだ。余命少ない者に、よぶんな金は不要だった。

二、三年前からだんだん、探索の手も伸び、それ以上に各村々が自警団を組織し、手を結び合って、積極的に長兵衛たちに立ち向かうようになってきてから、何度か危うい目に遭った。もう潮時かと思った矢先に体の不調を覚えたのだ。

病魔に冒されていると感じ取ったことが、決断を促《うなが》した。最期を江戸で迎えたいと思ったのだ。

それればかりではない。役者崩れの三吉のように、手下たちには江戸の人間が多い。

十蔵も弥八ももともとは江戸の人間だ。ふたりは江戸を追放になった身である。他にも、刃傷《にんじょう》沙汰を起こして江戸を逃げた者、店の金を盗んで江戸を捨てた者などが集まっていた。

十蔵と弥八に諮《はか》ると、ふたりとも申し合わせたように、江戸に帰りたいと言った。

あとで、十蔵が知らせてくれたところによると、全員が江戸に戻りたい、ある者は江戸に行ってみたいと希望を言った。

ともかく、江戸に戻ることで全員の心が一致した。そのために、最後の大仕事を浜松で行った。

　無事、済んだ。千両箱二つ。二千両が、すでに稼いである分に上乗せになる。その中からひとり頭五十両を分配し、

「いいか。こいつは江戸での大仕事の手付けだ。無事、仕事が終わった暁《あかつき》には、保管してあった金を全員に分ける。それで、闇太夫一味は解散だ。いいな」

　今までの稼ぎで長兵衛が保管していたのは三千両である。

　江戸に素直に帰ることは出来ない。皆、過去を持つ身であり、当然、名前を変え、別人として江戸の地を踏まなければならない。

　そのためにはどうするか。その答が江戸焼き尽くしだ。

　それから、十蔵と弥八、そして役者崩れの三吉を一足先に江戸に潜らせ、その後、順次数人の仲間を送り込んだ。

　そうやって去年の夏、長兵衛はここ、隅田村に残りの仲間と共に移り住んだのだ。この屋敷も、三吉が見つけて用意してくれたものだ。

　だが、ここに来てから、弥八のところを訪ねる途中に、不覚にも倒れ、気がついたとき、『飛騨屋』の離れ座敷に寝かされていたのだ。

　長兵衛が『飛騨屋』の離れで養生している間、十蔵と弥八と三吉がうまくやってく

れた。特に三吉はおとせの居場所も探し出して、おとせにうまく近づいてくれた。

この歳になって、はじめて我が娘を恋しいと思った。

四

風が出て来た。波が高く、船が大きく揺れる。もう一刻（二時間）以上、船を浮かべていた。

奴らはいったい何を待っているのか。何をきっかけに江戸に火を放つのか。

そのことが不明なぶん、まだ奉行所を動かすことが出来なかった。一度、失敗している。今度は明確な証拠を摑まなくてはならない。

「なんだか、ひとの動きがあわただしいようですね」

新兵衛が緊張した声を出した。

「この船に不審を持ち始めたのかもしれぬ」

ゆうべ、新兵衛はあの屋敷に忍び込もうとしたのだ。だが、建物の周囲に鳴子が何重にも仕掛けられ、迂闊《うかつ》に近づけなかったという。

「よし、踏み込んでみよう」

意を決し、剣一郎は船をその屋敷近くの桟橋につけさせた。

船を杭にもやい、剣一郎と新兵衛は屋敷に向かった。ちょうど、夕七つ（四時）の鐘が鳴りはじめた。

「堂々と行く」

そう言い、剣一郎は二階家に続く草むらの中の小道を行った。

なるほど草むらに綱が張りめぐらせてあった。この綱を引っかければ、細い竹をくっつけた小板がいっせいに鳴る仕掛けだ。

これでは闇の中で足を引っかけるのは必定だ。綱をまたいでも、また別の鳴子の仕掛けが待っていた。

ようやく、屋敷に近づいた。人気《ひとけ》がない。枝折り戸を押して、中に入る。

静かだ。庭にまわった。雨戸は半分開いたままだ。

「妙ですね」

新兵衛は土足のまま、廊下に上がった。

家の中に、生活の痕跡がある。台所に行くと、竈《かまど》に薪が焼け残っている。少なくとも、昼過ぎまでは誰かがいたのだ。

「さっきのひとの動きはここを出て行くところだったのだ」

さっさと踏み込むべきだったと、剣一郎は臍《ほぞ》をかんだ。

「ちくしょう」

新兵衛も吐き捨てた。

「だが、おそらくここに長兵衛はいなかったに違いない。船から見ていても、大勢が移動したとは思えない。ここにいたのは数人だ」

そう言いながら、剣一郎は裏手にまわった。

だが、剣一郎はすぐに足を止めた。

「新兵衛、気をつけろ」

凄まじい殺気だ。剣一郎は山城守国清《やましろのかみくにきよ》銘の新刀上作の刀に手をやり、鯉口を切った。新兵衛も懐から匕首《あいくち》を抜いた。

浪人がふたりおもむろに出て来た。ひとりは大柄だが、もうひとりは痩せていた。ふたりとも黒い布で面を覆っている。

「何奴だ」

剣一郎は誰何《すいか》した。

大柄な侍がつつっと迫り、間合いに入るや否や、いきなり剣を抜いて斬りかかってきた。剣一郎は素早く抜いた剣で相手の剣を受け止めた。

ぐっと力を入れて押し返すや相手の剣を払い、相手と体を入れ替えてぱっと離れた。

剣一郎はやや半身で正眼に構えた。新陰流の江戸柳生の流れをくむ真下道場で皆伝をとった腕前である。

剣を構える位置は高く、切っ先は敵の眼に向けた。相手は上段に構えたまま、じりじりと間合いを詰めて来る。自信があるのか、いっときもじっとしていない剣だ。

相手は大上段に構え直したが、剣一郎は剣先を相手の小手に付けた。

唸り声のような気合もろとも、鋭い剣が襲い掛かってきた。剣一郎も踏み込んだ。激しく火花が散った。相手はすぐ離れ、休む間もなく剣一郎の眉間《みけん》に剣を振り下ろしてきた。剣一郎は腰を沈め、下から剣をすくい上げた。

剣一郎の剣先が相手の二の腕を斬った。相手はすぐに離れ、片腕に剣を構えた。剣一郎は再び正眼に構えた。

そのとき、悲鳴が聞こえた。振り返ると、新兵衛が倒れ、そこに痩せた浪人の剣がまさに振り下ろされようとしていた。

剣一郎は脇差を素早く抜き、痩せた浪人に向かって投げた。それを浪人は横に払った。すかさず、大柄なほうが右手一本で打ち込んで来た。

剣一郎はその剣を下から伸び上がるようにして弾き飛ばし、峰を返して脾腹《ひばら》を打ちつけた。大きな体がうずくまるように崩れ、剣は大きな弧を描いて、地べたに突き刺さった。

新兵衛のほうを見ると、体勢を立て直した新兵衛が匕首を構えて痩せた浪人と向かい合っていた。

剣一郎が新兵衛の手助けに入ると、痩せた浪人はいきなり踵を返して逃げ出した。

「待て」

追おうとした新兵衛を引き止め、剣一郎は倒れている浪人のもとに近寄った。

「この者から白状させるのだ」

「はっ」

新兵衛は建物に入るや、縄を手にして出て来た。

浪人の体を起こし、後ろ手に縛り上げ、さらに足を縛った。

「すぐに応援を頼んで参ります」

新兵衛は近くの百姓家に走った。

その間に、浪人は息を吹き返した。剣一郎は浪人の体を起こした。

しばらく茫然としていたが、やっと事態を呑み込んだ浪人はぎょっとした目になった。口に手拭いが押し込めてあり、口をきくことも出来ない。

「気がついたか」

剣一郎は浪人の前に屈んだ。

「闇太夫と呼ばれた男が率いる盗賊の一味だな。おかしらは長兵衛と名乗った男か」

恐怖に引きつったような目を向けている。

「長兵衛はどこだ？」

浪人は顔をそむけた。

「おまえたちは何を企んでいるのだ。江戸に火を放つつもりか」

剣一郎は冷たく笑い、

「まあよい。あとで、じっくりきかせてもらう」

剣一郎が立ち上がったとき、新兵衛が戻って来た。

村役人がついて来た。

「大八車を用意してもらいました」

新兵衛が報告する。大八車に浪人を結わい付けて、大番屋まで連れて行くのだ。

「ごくろう」

村役人が浪人の足首の縄を解き、立ち上がらせたときだった。

突然、廃屋《はいおく》から炎が上がった。あっと思って、そのほうに注意が引き付けられたとき、悲鳴は起こった。

頬かむりに尻端折りした男が匕首で、浪人の腹部を刺したところだった。

「しまった」

剣一郎は浪人に駆け寄った。

頬かむりの男を新兵衛が追った。

「おい、しっかりしろ。どこに火を付けるのだ?」

浪人は口をぱくぱくさせた。何か言っている。

「なんだ」

剣一郎は耳を寄せた。

しかし、聞き取れなかった。そして、もう二度と浪人は口を開かなかった。

「申し訳ありません。逃しました」

新兵衛が戻って来た。

「抜かった」

剣一郎は天を仰いだ。

翌日、剣一郎は出仕した。

謹慎が解かれた旨の知らせをとうに受けていたが、剣一郎はきょうまで延ばしてきたのだ。

さっそく宇野清左衛門に挨拶をし、そして、長谷川四郎兵衛と会い、剣一郎はこれまでの経緯を説明した。

「闇太夫と呼ばれた男をかしらとする盗賊が江戸で何かを企んでいるのは間違いありませぬ。神田相生町に住むお連という女。さらに本郷菊坂町にある『古銭堂』に入り込んでいる男。いずれも仲間かと思われます」

「長谷川どの。江戸を焼き払うかどうかはともかく、闇太夫の一味が江戸に潜んでいるのは間違いないようです。ただちに探索を開始せねばなりますまい」

宇野清左衛門が迫るように言った。

「闇太夫については、火盗改も動き出しているようです。今、動かなければ、火盗改に手柄を横取りされかねませぬ」

剣一郎の言葉に、長谷川四郎兵衛はやっと態度を決めた。

「わかった。青柳どのにすべてを任せよう」

長谷川四郎兵衛が珍しく剣一郎に異を唱えなかった。

ただちに、定町廻り、臨時廻り、隠密廻りの同心全員が招集された。

やっと奉行所が動いた。これで、いよいよ敵の目論見《もくろみ》を打ち砕くことが出来ると、剣一郎は安堵の胸を撫で下ろし、集まった三廻りの同心の前で、今後の方針を語った。

五

その日の午前《ひるまえ》。ちょうど、奉行所で、三廻りの同心が集まっていた頃である。

ここ、神田相生町にある乾物屋『ひさご屋』の土間に、商家の旦那ふうの男が入って行った。

色黒の女房が出て来て、

「まあ、浜町の旦那。お久しぶりです」

と、にこやかに迎えた。上客なのだ。

「また、寄らしてもらいましたよ」

浜町の旦那と呼ばれた男はにこやかに言い、店先の干物を探す振りをしながら、

「どうですね。前の家の色っぽい女のところに男は来ますか」

「いつもの男が三日に一遍やって来るだけですよ」

「そうですか。案外と固いんですね」

「旦那もあの女にいかれちまったんじゃないですかえ」

女房が軽口を言う。

「いや、そうじゃありませんが、少しだけ興味はありますよ。男ですからね。私のように、あの女のことを根掘り葉掘りきいてくる客もいるんでしょう」

「おりましたよ」

「やはり、いましたか。で、どんな男でしたかえ」

旦那の目が一瞬鈍い光を放ったが、女房は気づくはずはない。

「煙草売りの恰好でした。そう言えば、五十歳ぐらいの男のひとはいないかとか、その男は病気になって家の中で寝ているのかもしれないなどといっていました」

「ほう、妙なことをいいますね。一度だけですか」

「そうです。そうそう、編笠をかぶった浪人があの家を気にしていたようでした」

「編笠をかぶった浪人ですか」

浜町の旦那は上等な鰹節《かつおぶし》を買い求めた。

「毎度、ありがとうございます」

「また、寄らせてもらいますよ」

旦那は店を離れてから、表情を変えた。

「やはり、町方がかぎつけやがったか」

役者崩れの三吉である。

三吉は商家の旦那になりすまして、町方らしき者がお連の家に目をつけていないか、定期的にまわっているのだった。

ところが、先日来、怪しい乞食に弥八があとをつけられたり、きのうは寺島村の川べりにある屋敷に青痣与力が踏み込んで来たなど、切迫した状況になってきた。そこで、どこまで、青痣与力が迫っているか確かめるためにやって来たのである。

その結果、向こうは予想以上の動きを見せていた。さすが、青痣与力だとたたえたいが、それ以上に、おかしらには感心した。

最初は、そこまで用心しなくともいいのではないかと思ったが、今になって思えば、おかしらの判断は正しかったことになる。

念のために、新材木町の伯安の家に行って、聞き出した。すると、八丁堀の同心が来たことがわかった。おそらく、隠密廻りであろう。

今度は、三吉は本郷菊坂町に向かって、足を急がせた。

そこには、『古銭堂』という古道具屋に、仲間をもぐり込ませてある。

菊坂町にやって来た。『古銭堂』の近くにある酒屋に入った。

「これは浜町の旦那」

ここでも三吉は浜町の旦那として、何日かに一遍は寄っている。

「すまないね。一杯、呑ませてもらおうか」

小売り酒屋だが、湯呑みに酒を出してくれる。

「へい」

亭主は酒樽から徳利に酒を注ぎ、さらに湯呑みに移した。

三吉は酒を喉に流し込んだ。

「うまい。腸《はらわた》に染み入るようだ」

三吉は言ってから、

「ところで、あの『古銭堂』さんのことで誰かききに来たひとはいませんでしたかえ」

「浪人さんが来ました」

「浪人？」

「でも、あのお方はたぶん与力の青柳さまだと思います。左頰に青痣がありました」

「青痣与力か」

「はい」

青痣与力がここまで迫って来ようとは予想もしていなかった。

三吉は酒屋を出ると、辺りを窺い、『古銭堂』に入って行った。

声をかけると、一味の彦五郎《ひこごろう》が奥から出て来た。

「おう三吉か」

彦五郎が顔色を変えた。

「何かあったのか」

「青痣与力に目をつけられたようだ。すぐに、ここを出たほうがいい」

きのうの寺島村の屋敷でのことは、すでに彦五郎の耳に入っている。

「わかった。すぐ、出る」

彦五郎は立ち上がった。行き先はこの先の小石川片町である。そこに、別の仲間が家を借りていた。

すべておかしらの指示であった。おかしらのやり方は常に二段構えだ。万が一、最初の砦《とりで》が破られたら二段目の策で行う。そこを破られたら、実行を見直す。

このおかしらの主義が、十年間も盗賊稼業を無事に続けられた理由であろう。

三吉は店を出た。

辺りを見回す。町方らしい者はいない。

それから、三吉は本郷通りに出てから町駕籠を拾い、橋場《はしば》の真崎《まつさき》稲荷に向かった。たくましい駕籠かきは、威勢のよい掛け声で、湯島切通《きりどおし》から上野山下、稲荷町、田原町、雷門前と速度を緩めることなく走った。

浅草奥山は三吉にとって懐かしい場所だった。一端の女形になるのが夢だったが、無骨な体が災いした。顔は化粧をして女に化けられたが、どんなに作っても、体は女に見えなかった。

茶屋女とのいざこざで暴れたのも、そんな役者人生のいらだちのせいだったのかもしれない。

江戸所払いになり、贔屓《ひいき》の客からも見放され、東海道を当てもなく西に向かった。金もなく、空腹で、乞食同然になって三島宿に辿り着いた。

ふらふらになって歩いているところへ声をかけてくれたのがおかしらだった。まだ、おかしらは手下を集めている最中だったのだ。

それから十年、東海道を荒し回った。奪った金で、豪遊もした。さんざん好きなことをやって来た。だが、どこか満ち足りないものを感じはじめて来た。

そんなとき、おかしらが盗賊稼業をやめて江戸に帰ろうと言い出したのだ。稼いだ金で、江戸で商売をして暮らす。そういう暮らしをしないかと言った。

一も二もなかった。しかし、金があっても、江戸に戻って商売をすることが出来るのだろうか。

昔を知った人間に会えば、たちまち素性がばれてしまう。それに対して、おかしらはこう言った。

「江戸を焼き尽くす。その復興に紛れて別人になりすますのだ」

ほとんどの者が江戸を離れて五年から十年経っている。人々から忘れ去られている連中だ。

誰が誰になりすますか。その調べのために、三吉は早々と江戸に出た。そして、それぞれの仲間に照らし合わせ、身寄りがなく、人相風体、年齢などが似ている者を探し出したのだ。

駕籠は花川戸から今戸を通り、橋場にやって来た。

真崎稲荷はたくさんのひとで賑わっている。酒手を弾み、駕籠を下りると、神社には足を向けず、橋場の渡し場に向かった。

三吉は船で対岸の寺島村に渡った。

船の客は年寄りや女、子どもが多く、あとは百姓ふうの若い男がいるだけだった。その男は色黒で、町方の者とは思えなかった。

船が着き、三吉は一番最後に桟橋に上がった。土手に上がると、すでに百姓ふうの若い男は田圃の道を足早に歩いて行った。

周囲に怪しい人間のいないことを確かめてから、三吉は隅田村に向かった。

それから、四半刻（三十分）後、隠れ家で、三吉はおかしらと会っていた。顎の十蔵と弥八もいっしょだった。

三吉は青痣与力が『古銭堂』に目をつけたことを話してから、

「彦五郎にはすぐ出るように言いました」

「よし。いいだろう」

「それから、明日、おとせさんを本所の家に連れて行くことになっています」

「そうか。では、俺も今日中にそっちに移ろう」

おかしらはそう言ったあと、十蔵や弥八に目を向け、

「では、明後日以降、烈風の吹く日に手筈通りに実行に移す。皆に伝えておけ」

「はっ」

十蔵、弥八、そして三吉は同時に声を出した。

六

その日の午後、隠密廻りの作田新兵衛の指揮のもと、定町廻りの植村京之進は神田相生町のお連のもとへ、同じく定町廻りの川村有太郎《かわむらゆうたろう》は本郷菊坂町の『古銭堂』に向かった。

さらに、他の同心が岡っ引きや小者を連れて向島に向かった。長兵衛の隠れ家を探すために寺島村から隅田村にかけて探索するのだ。

剣一郎は神田佐久間町の大番屋で待った。相生町とは目と鼻の先ほどの距離であり、お連が在宅していればじきにやって来るはずだった。

ふと、物音がした。剣一郎は耳を澄ました。風が出て来たようだ。

ここしばらく穏やかな天候が続いた。そろそろ、風も吹き出すように思われた。冬から春先にかけて北乃至《ないし》北西の風が吹く。

そういえばきょうは二月二十九日。明和《めいわ》九年（一七七二）のきょう、目黒行人坂の大円寺から出火し、江戸史上二番目の大火事となったのだ。

明暦の大火も目黒行人坂の大火も、いずれも失火が原因だった。しかし、今度は付け火だ。なんとしてでも阻止しなければならないと、剣一郎は今や遅しとお連の到着を待っていた。

お連から一味の隠れ家を白状させることはもちろんだが、まず長兵衛の企みを聞き出さなければならない。

火を放つとしたら、どこか。

だんだん長兵衛の企みが読めてきた。菊坂町の『古銭堂』と相生町のお連の家だ。失火を装い、同時に火を放つ計画ではなかったか。ある意味では、自分が仕んでいる家に火を放つのだから、見廻りの目に入らない。

問題はこのような家を幾つ用意しているかだ。そこを、お連から聞き出さなければならない。

さらに四半刻（三十分）が経過した。

外にざわめきが聞こえて来た。

さっと戸口に飛んで行った小者が戸を開けると、まず京之進が入って来て、その後ろから妖艶な女が岡っ引きに引き立てられて姿を現した。

（来た）

剣一郎は表情には出さないが、内心ではほっとした。

「ごくろう」

剣一郎は京之進に声をかけた。

「座れ」

岡っ引きが言うと、お連はぷっと岡っ引きの顔面に唾《つば》を吐いた。

「この野郎」

岡っ引きがお連に飛び掛かろうとした。

「よせ」

京之進が止める。

「座りなさい」

改めて京之進が言うと、お連が不貞腐《ふてくさ》れたように筵の上に足を横に流して座った。

白い項《うなじ》がまぶしいほどだ。目はきついが、細面の小さな顔と濡れたような受け口の唇が妙に色っぽい。

「そのほう、名は？」

京之進がきいた。

「知っているんだろう」

「おまえの口から聞きたいのだ」

岡っ引きが怒鳴る。

岡っ引きを睨み付けてから、お連は京之進に向いて名乗った。

「連よ」

「闇太夫と称する男、あるいは長兵衛と名乗る男を知っておるな」

「知らないわ」

「そんなはずない。新材木町の医師伯安の所に長兵衛のための薬をもらいに行っていたではないか」

「ああ、そのこと。それは頼まれたから」

脇で聞いていた剣一郎はお連にあまり動ずる様子がないことに不審を持ち始めた。

「誰に頼まれたのだ？」

京之進がきく。

「弥八というひと」

お連は平然として答える。

「おまえは、弥八に何と頼まれたのだ？」

「伯安先生のところに行って、病状を言い、薬を調合してもらえって。それで、三日に一度薬をとりに行ったんですよ。その薬を、弥八さんがとりに来ました」

おかしい。その部分は新兵衛の調べの通りだ。

「では、その弥八が長兵衛の元に運んだというわけか」

「そうでしょうよ。それが、いったいどんな罪になるって言うのさ」

お連が顔を歪めて叫んだ。

「お連」

剣一郎が口をはさんだ。

「なんですね」

「そなた、弥八とはどういう知り合いだ？」

「茶屋で働いていたときの客ですよ」

「どこの茶屋だ？」

「回向院前の『さくら』ですよ」

「茶屋をやめて、弥八の女になったのか」

「とんでもありませんよ。半年間だけ、相生町の家に住んでいてくれと頼まれたんです。毎月、いい手当てをくれるって言うのでね」

「お連。目をこっちに向けろ」

剣一郎はお連の目から真《まこと》か偽《いつわ》りかを見抜こうとした。

お連は目を離さない。

「去年の夏、弥八はどこに住んでいた？」

「深川の南六軒堀町ですよ」

「そこを訪ねたことがあったか」

「ええ、ありました。弥八さんから頼まれていたことがありましたからね」

「何を頼まれた？」

「本郷菊坂町の『古銭堂』の件です。主人はあたしの客だったんですが、だいぶ前から寝ついてしまったんですよ。弥八さんは『古銭堂』の主人に身寄りがいるのか調べて来てくれないかって」

「それで、その報告に行ったのか」

「ええ」

「身寄りはないと」

「そうです。そのあとに、相生町の家に住むように言われたんですよ」

剣一郎の胸に翳が差した。

「そなたは、神田明神の境内の料理屋で、木挽町の足袋問屋、近江屋の秀太郎に何かをねだっていたようだが」

あっ、とお連は声を上げた。

そこまで知っているのかという驚きが表情に出ていた。

「秀太郎のことも、弥八に頼まれたのか」

「いえ。あれは、私が勝手にやっていること。だって、弥八さんとの約束がもう終わるんだもの。後口を見つけないと」

お連は真実を語っている。

深い落胆に剣一郎は打ちのめされそうになった。長兵衛という男の周到さに圧倒された。このぶんでは『古銭堂』のほうもと思ったとき、川村有太郎が駆け込んで来た。

「だめでした。男は、急に『古銭堂』を出て行ったそうです」

川村有太郎が渋い顔で報告する。

このぶんでは、長兵衛の隠れ家もとうにもぬけの殻であろう。

剣一郎は口を真一文字に閉じて大番屋を出た。

京之進が追って来た。

「青柳さま」

お連をどうしましょうと、京之進がきいた。

「念のために、働いていた茶屋の女将を呼んで、お連の素性を確かめろ。間違いなければ放してやれ」

「よろしいのですか」

「弥八という男に、何も知らされずに手伝わされたようだ。ただ、解き放ったあとも、お連の監視を忘れずに。万が一、一味が現れるかもしれない」

まず、それはないと思いつつも、剣一郎はそう言った。

剣一郎はこうも早く長兵衛一味が動きを見せたことに不審を抱いた。

相生町のお連の家の前にやって来た。

向かいに乾物屋『ひさご屋』がある。剣一郎はそこに入った。

「御用の筋で訊ねる。正直に答えてもらわぬと困るが」

半ば威《おど》すように言うと、色黒の女房が顔面を蒼白にした。

「な、なんでございましょうか」

「最近、あの家のことで、おまえさんに何かきいてきた者はいないか」

「いえ」

「ほんとうにいないのか」

「はい。ただ、浜町の旦那が」

「浜町の旦那だと？」

「はい。浜町の旦那が、同じようなことをきいていました」

「浜町の旦那とは誰だ？」

「なんでも浜町で足袋《たび》屋をやっているとか。ときたまやって来て、うちで買物をしてくださいます」

「で、なんと答えた」

「は、はい」

「正直に言わぬと、あとで困ったことになるぞ」

「言います。煙草売りの男がいろいろきいていたということと、編笠をかぶった浪人がうろついていたと話しました」

「その編笠の浪人とは、この私だ」

剣一郎が言うと、女房はひえぇと目を丸くした。

「浜町の旦那に頼まれて、いつもあの家の前を観察していたのだな」

「いえ、そうじゃありません」

女房は額に汗をかいている。

「じゃあ、おまえさんの趣味か」

「何か、いけないことでも」

女房の声が震えた。

「いや。おまえの責任ではない。おまえのような人間がいることに気づかなかった私の責任だ。邪魔した」

剣一郎は自分自身に腹を立てた。

色っぽい女のひとり住まい。誰だって興味が湧く。どんな旦那がついているのか、旦那以外に間夫《まぶ》がいるのではないか。どんな男が忍んで来るのかと、退屈紛れに家の前を見るのも人情というものかもしれない。

そのことに思い至らなかったことに忸怩《じくじ》たるものがあるが、それより、長兵衛にまんまとしてやられたことが悔しかった。

念のために、本郷菊坂町に行った。

『古銭堂』の近くに酒屋があった。そこで、きいてみると、やはり浜町の旦那というのがやって来たという。

間違いなかった。偶然に、こっちの動きに気づいたのではない。最初から、そのための用心をしていたということだ。

ということは……。

剣一郎は愕然とした。あの二ヵ所が失火を装っての火元の予定地だとしたら、当然、代替の場所も用意しているのではないか。

長兵衛の手の打ちようを見れば、それに間違いないように思える。

剣一郎はもう一度、大番屋に戻った。

まだ、お連は留め置かれていた。が、茶屋の女将と、お連が以前に住んでいた家の家主が来ていた。

京之進が近寄って来て、

「お連の言うことに間違いないようです」

と、報告した。

頷き、剣一郎はお連の傍に行った。

茶屋の女将と家主が頭を下げる。

「お連、ごくろうだった。もう、帰っていい」

「ありがとうございます」

お連の顔が青ざめているのは、京之進から弥八らの正体を知らされたからに違いない。

「最後にききたいのだが、弥八の口から、どこかの地名とか、誰かの名前が出たことはなかったか。あるいは何か気になるようなことを言っていたとか」

「いえ。あのひとは無駄口をきかないひとでしたから」

「そうか。また、何かさくことがあるかもしれないので、勝手にどこかに行かないように。出来るだけ、家から離れないように」

そう言ったとき、何かを思い出したように、お連はあっと短く叫んだ。

「どうした？」

剣一郎はお連の表情に怯えの色を見た。

「弥八さんが十日ほど前にやって来たとき、三月に入ったら出来るだけ早くここを出て、川の向こうに行けと言ったんです」

「相生町の家を出て行けと」

「はい。なぜってきいたら、三月に入って烈風の夜、大火事が起きると、易者が予言をしていたと言うのです」

京之進たちが騒いだ。

「三月に入って烈風の夜か」

いよいよ、長兵衛たちの準備が整ったのだと、剣一郎は焦りに似た感情に襲われた。それは、放火の日的がわからないから来る焦りもあった。

剣一郎は大番屋を飛び出し、町駕籠で奉行所に駆け込んだ。

「今度こそ、長兵衛は実行に移します。おそらく、今度烈風が吹き荒れた夜」

長谷川四郎兵衛は口を開きかけたが、剣一郎の気迫に圧倒されたのだろう、そのまま口を半開きにしたままだった。

「青柳どの。間違いないのだな」

「もはや、疑いを挟む余地はないかと」

一度、予想が外れているだけに、宇野清左衛門も慎重だった。

「よし、わかった。すぐ手配をいたそう」

南北奉行所、火盗改にも協力を要請し、さらに町名主にお触れを出し、下々にまで火の用心の通達を出す。

知らせは大名、旗本にも行き渡り、一夜明けた二月三十日の朝には大名火消、旗本の定火消、そして、いろは四十八組の町火消も防火態勢を整えた。

七

同じ二月三十日の昼下がり、尾張《おわり》町にある小ぢんまりとした小間物屋『藤次郎《とうじろう》』の裏口に、恰幅《かっぷく》のよい男が入って行った。役者崩れの三吉である。

主人の藤次郎が、すぐに出て来た。

「伊兵衛《いへえ》さん。お待ちしておりました」

三吉は、ここでは伊兵衛と名乗っていた。

藤次郎は二十六歳。小間物の行商から身を起こし、三年前にここに店を開いたのである。今は、五人の奉公人を使っている。

「さあ、どうぞ、こちらへ。おとせの支度は出来ております」

庭に面した部屋に通されると、そこに色白のやや下膨れの顔のおとせが身支度を済ませて待っていた。傍らには乳母が、赤子を抱いている。

「伊兵衛さん。よろしくお願いいたします」

おとせが頭を下げた。

「こちらこそ。これで、旦那さまも喜びます。最期にひと目でもいいから、おとせさんに会いたいと言っておりましたから」

そう言って、伊兵衛こと三吉は目頭を押さえた。

半分は演技ではあったが、すべてが嘘ではない。やっと探し出し、親に会うという決心をさせるまでの苦労を思うと、三吉にも感慨のようなものが起こったのだ。

おとせの母親はおとしと言い、亀戸天満宮境内の水茶屋勤めをしていたというので、その辺りの水茶屋を片っ端から訪ねた。だが、なにしろ二十年前のことだ。

やっと、運良くおとしと朋輩だった女を知っているという年寄りに出会った。その年寄りも若い頃はその水茶屋に通ったという。

その年寄りに教えられて、緑《みどり》町一丁目で小料理屋をやっている朋輩を訪ね、おとしは子どもを産んだあと、芝のほうに引っ越して行ったと言う。だが、詳しい場所はわからなかった。

「おとせ。早く、顔を見せておやり」

その声で、三吉は我に返った。藤次郎が優しい眼差しをおとせに向けていた。

「藤次郎さんもなるたけ早くお出でください」

三吉は言う。おとせだけではなく、亭主の藤次郎の身の安全も図ってやらねばならないのだ。

「わかりました」

「では、急かすようではございますが、行きましょうか」

伊兵衛こと三吉は立ち上がった。

すでに外に町駕籠を二丁呼んである。

先の駕籠におとせ、次の駕籠に乳母と赤子を乗せ、三吉は歩いて本所に向かった。

おとしを探して芝まで行った。働いていたとしたら増上寺《ぞうじょう》、飯倉《いいくら》神明宮前の料理屋、水茶屋であろうと見当をつけて探した。

結局、愛宕《あたご》山の下にある料理屋で働いていたことがわかった。おとしは二年前に亡くなっていたが、死ぬ前に、娘のおとせが小間物屋の藤次郎に嫁いだのだという。

藤次郎とは同じ長屋で、小さい頃から兄妹のように付き合って来たらしい。

それから、尾張町におとせに会いに行った。

実の父親は、尾張で財をなしたが、重たい病気に罹《かか》り、余命幾許《いくばく》もない。最期に娘に会いたいと江戸に出て来た。ぜひ、会ってもらいたい。そう頼んだ。

だが、おとせは三吉の話を受け付けようとはしなかった。

自分の父親はとうの昔に死んでいる。人違いだと言ってさかなかった。そこで、亭主の藤次郎に接触した。

藤次郎は、母のおとしから、おとせの父親は武士で、江戸を出奔したと聞いたことがあると打ち明けた。

それから三吉は、おとせには内緒で、父親からだと言い、藤次郎に金を与えた。最初は遠慮していたが、店を大きくしたいと思っていた藤次郎はついに三吉からの金に手を出したのだ。

ついに、おとせの気持ちがほぐれたのも、藤次郎の口添えのおかげだ。

駕籠を静かに担がせているので、思ったより時間がかかって、法恩寺《ほうおんじ》裏手にある二階家に到着した。

元は誰かの妾宅《しょうたく》だったのを、この日のために買い取っておいた。背後は法恩寺の鬱蒼《うっそう》とした樹が繁り、閑静な場所だ。

まず、客間におとせと赤子を抱いた乳母を通し、住込みに雇った婆さんに茶をいれさせ、三吉は奥の部屋に向かった。

「旦那さま。お嬢さまがいらっしゃいました」

ここでは、おかしらとは言わない。

「ごくろう」

「すぐお会いになりますか」

「こっちはいつでもいい。むこうが落ち着いたら連れて来てくれ」

「はい」

三吉は引き下がった。

長兵衛はふとんの上に起き上がって、実の娘のおとせを迎えた。

おとせは若妻らしく初々しい女になっていた。どう接したらいいのか、戸惑っているふうだった。

「今さら父だと言われても困るだろう。気にしなくてよい」

長兵衛は感慨深く我が娘を見た。

二十二年前、長兵衛は御徒衆《おかちしゅう》の御家人だったときのことを思い出す。屋敷から火を出したという不始末の責任をとらされ、長兵衛は小普請組《こぶしんぐみ》に落とされた。そして、屋敷替えとなり、本所南割下水に移ったのだ。

だが、そのときはまだ希望があった。いずれ、元の職に戻れる、いや、それ以上の栄達を手に入れることが出来るのだと信じていた。

その頃に、おとしと出会ったのだ。

亀戸天満宮境内にある水茶屋『雪柳《ゆきやなぎ》』で働いていた女だった。やや下膨れで、目が大きく、ちょっとしたことにもよく笑う可愛い女だった。

何度も通い詰めて、ついにおとしと懇《ねんご》ろになった。はじめて契りを交わした夜、おとしは泣いていた。

「なぜ、泣く?」

不可解に思ってきいた。

「うれしいの」

おとしはそう言って、裸の胸を再び押しつけてきた。

あのときのおとしのうれしそうな顔が蘇った。

「母に、そっくりだ」

長兵衛はおとせを見た。やや下膨れの顔立ちに大きな目。まるで、目の前にあの頃のおとしがいるようだった。

「ご病気だと伺いました。お加減はいかがでしょうか」

「今とても体調はいい。孫は女の子か。もそっと前へ」

少し下がった場所で赤子を抱いている女に声をかけた。

すると、おとせは赤子を抱き上げ、長兵衛に顔を見せるように向きを変えた。

「おう、よい子だ」

ふと長兵衛は胸の底から込み上げてくるものがあった。

この十年間、東海道の宿場や村々を襲い、罪のない者たちを百名以上も斬殺してきた。その鬼畜のような男の目に涙が滲《にじ》んだ。

その涙を見て、おとせの硬かった表情に変化が起きた。

「おとっつあん」

長兵衛ははっと顔を上げた。

「おとせ。父と呼んでくれるのか」

「ほんとうに私のおとっつあんなのですね」

そう言って、おとせも涙を流した。

おとせを別間に下がらせてから、長兵衛は横になった。

自分の体があとどのくらい持つかわからないが、少なくともあと十日、うまくすればひと月は生きていられそうな気がした。

それで十分だと思った。

ふと、樹の枝の触れる音がした。風が出て来たのか。だが、思った以上に風は強くならなかった。

「旦那さま」

障子の向こうで声がした。

「入れ」

三吉がすっと入って来た。

そこで、三吉が口調を変えた。

「おかしら。では、あっしはこれで行きます」

「三吉。おまえにはずいぶん働いてもらった。礼を言う」

「なにを仰いますね。あっしは、おかしらに助けていただいたご恩を決して忘れちゃいませんよ」

「ありがとうよ。最後の大仕事だ。しっかり頼むぜ。十蔵の話では、もうすっかり手筈は整ったようだ」

「任しといてください。あっしはこれから桐山民右衛門《きりやまたみえもん》の屋敷にもぐり込みやす。今夜は、桐山民右衛門は宿直《とのい》で屋敷にいないんで。明日か明後日の夜、その両日のうちに実行に移しますぜ」

「警戒が厳しいと思うから、くれぐれも注意をしてな。仲間への連絡は十蔵がやっている。手筈に間違いなくな」

「へい。付け火のために町中をほっつくわけじゃありませんから」

三吉は声をひそめた。

「うむ。ここから、江戸が焼けるのを拝ませてもらうぜ」

「では」

三吉が出て行った。

これまでのことが走馬灯のように蘇った。さんざん悪行の限りを尽くしてきた。もう、それも打ち止めだ。

（いよいよ、俺の最後の仕事か）

長兵衛は表情を引き締めた。


役者崩れの三吉は本所回向院前を過ぎて両国橋を渡った。夕陽が落ちて行く。雲が速く流れている。強風は真っ正面から吹きつけた。もっと吹けと、三吉は空を見上げた。

橋を渡り終えると、両国広小路の掛け小屋や葦簾《よしず》張りの茶屋も片づけをはじめようとしている。

三吉は芝居小屋から掃《は》き出されて来たひとの群れを見た。たいそうな人気じゃねえか、と三吉は口許を歪《ゆが》めた。

もし、あのまま役者を続けていたとしても、歳をとったぶん、もっと惨めになっただろう。

俺を虚仮《こけ》にした茶屋女も噂によればどこかの商家の旦那の後添いに納まったようだ。神田のほうだと聞いているから、場合によっては焼け死ぬかもしれない。

覚えず、陰惨な笑みを漏らし、三吉は広小路を突っ切った。

柳原通りを筋違橋に向かう途中、三吉は古着屋の掛け小屋の後ろに隠れ、素早く着物を裏返しに着替え、顔つきも商人のものから遊び人の荒《すさ》んだ雰囲気を醸《かも》し出すものに変えていた。

再び、三吉は歩き出す。たびたび突風に埃が舞い上がり、そのたびに三吉は目を伏せ、立ち止まった。

筋違橋を渡ったところで、御成道のほうに、八丁堀の人間が歩いて行く姿が見えた。

三吉は昌平坂を上がり、湯島聖堂の脇を通って本郷に向かった。町方の者の姿がやけに目につく。

三吉は薄ら笑いを浮かべ、平然と歩を進めた。

微かに明るかった西の空も紺色に染まり、本郷菊坂台町の路地を曲がる頃には暮六つ（六時）を告げる鐘が鳴り終えていた。

拍子木を鳴らした夜回りの若者がやって来た。

「ごくろうさまです」

三吉は調子よく声をかけ、すれ違った。

細長く伸びている菊坂台町から小石川片町に出た。そこの寺の裏手にある長屋の路地を入って行く。

奥から二番目の家の腰高障子を開けた。

ぼんやりした行灯の明かりに、彦五郎の姿が見えた。

「おう、三吉か」

「だいぶ警戒しているようだな」

「ああ、俺もさっき一回りしてきたが、風烈廻りの同心を見かけたぜ。どんなに警戒しようが、家の中までは監視できねえ」

彦五郎の表情にも余裕があった。

「ひとつつけよう」

「いや。これから桐山の屋敷の中間《ちゆうげん》部屋にしけこむ。酒を買っておいてくれたかえ」

「ああ、これだ」

火鉢の脇から一升徳利に重箱を取り出した。

「じゃあ、もらって行くぜ。これだけで中間共はこっちの言いなりだ。おかしらのもとに、おとせさんは入った。もう、何の支障もねえ」

「ああ、大江戸が炎に包まれる様子を想像しただけで身内が震えるぜ」

「じゃあ、明日以降、風が強く、桐山の殿さんの在宅している夜、四つ（十時）の鐘を合図に火を放つ。あとは手筈どおりだ」

「わかった。お互い、気をつけてな」

顔を見合わせて笑い、三吉は徳利と重箱を持って土間を出た。

目と鼻の先に、作事《さくじ》奉行桐山民右衛門の屋敷の塀が続いている。一千八百石の旗本である。

三吉は塀伝いに長屋門に出た。

門の脇の潜り木戸を叩くと、番所の物見窓から門番が顔を覗かせた。

「おう、おめえか」

この門番にも鼻薬を効かせてある。

すぐに戸を開けてくれた。

「また買って来たから、あとでいっぱい」

三吉は徳利と重箱を見せる。

「いつもすまねえな」

三吉は中間部屋に行った。

「兄いたち、すまねえな。また、厄介《やっかい》になるぜ」

「三蔵《さんぞう》。水臭せえことを言うな。さあ、入れ」

だいぶ前から中間どもを手懐けてあり、三吉はここでは三蔵と名乗っている。博打《ばくち》で稼いだ金だと言い、中間たちにばらまいたり、こうやって酒や食い物を差入してやっているのだ。

たちまち狭い中間部屋で、宴席がはじまった。

風はさらに強くなったようだった。

第四章　烈風の夜

一

三月二日の朝、剣一郎は屋敷に戻った。

昨夜は剣一郎も町に出て警戒に当たった。だが、怪しい者を見つけることは出来ず、その発見の知らせもどこからもなかった。

本郷の坂の上から朝焼けの空を見て、ほっと胸をなでおろしたものの、なぜ、長兵衛一味が動きを見せないのか、不思議だった。ゆうべは風も強く、付け火には最適なはずだ。なのに、いまだに実行しようとしない。

長兵衛の意図が摑《つか》めない。長兵衛が付け火をすることは間違いない。なのに、実行に踏み切らないのは、何かを待っているのではないか。そう思わざるを得ない。

何を待っているのか。

娘のおとせか。長兵衛には娘がいたらしい。もし、江戸に大火事が起きれば、娘に被害が及ぶ可能性がある。

だから、それを回避するために、娘を安全な場所におこうとすることは考えられる。だが、その手配がつかずに実行に踏み切れないのか。

それとも、長兵衛は火事のどさくさに紛《まぎ》れて、誰かを殺すつもりなのか。その相手が、その場所にいるかどうか。その確証をとってから実行するつもりなのかもしれない。

それにしても、闇太夫のことを調べに東海道の宿場町に向かった文七の帰りが遅い。もう半月以上も音沙汰がない。

文七のことだ。その身に何かあったとは思えないが……。

「お休みにならず、よろしいのでしょうか」

濡れ縁に立って、空を見上げている剣一郎に、多恵が声をかけた。

「なかなか寝つけなくてな」

「ゆうべは一睡もしていないのでしょう」

「うむ」

江戸の危機であり、剣一郎は神経が昂っていた。

そして、今胸に何かが張りついたように気になっていることがある。それは、この青痣の疼きだ。

ゆうべも剣一郎が本郷菊坂町に差しかかったとき、頬の青痣が疼いたのだ。何か心の底でひっかかっているものがあるとき、そして、そのものが何か、無意識のうちに必死に探ろうとすると、頬が疼く。

菊坂町で何か刺激を受けるのだ。それによって、心の底に沈殿しているものを浮び上がらせようと、水をかきまわすように考えはじめるのだ。

(俺は、何に引っ掛かりを覚えているのか)

自問する。

本郷菊坂町に何があるのか。

あそこに、長兵衛の仲間が入り込んでいた『古銭堂』という古道具屋があった。そのことか。

しかし、『古銭堂』の存在を知る以前から、青痣の異変はあったのだ。

だと、すれば……。

「本妙寺」

無意識に口から出た。

「えっ、なんですか」

まだ、多恵が傍にいたのだ。

「何か、俺が言ったか」

「ええ、本妙寺と」

「そうか。本妙寺か」

自分で呟いたことに気づいていなかったが、改めてその名を聞いて、剣一郎は厳しい顔で考え込んだ。

そうだ。ずっと本妙寺のことが頭の隅に残っていたのだ。それは講釈師の金流斎玉堂が言っていたことだ。

あれほどの大惨事を引き起こした火元の本妙寺に、どうしてお咎《とが》めがなかったのか。

このことが、今回の長兵衛の件と関わっているとは思えない。にも拘わらず、ずっとこのことが引っかかっていたようだ。

「出かける」

剣一郎は突然言った。

えっ、これからですか、とは多恵は言わない。ただ、はいとだけ答えた。

剣一郎が向かったのは、寺島村で隠居暮らしをしている、元書物奉行だった前原作左衛門のところだ。

朝方からの風は弱まったが、波は高い。

船で三囲神社前の桟橋に着き、桜の開花も近い隅田堤を足早に前原作左衛門の住まいに向かった。

ときおり強い風が吹く。そのたびに、剣一郎は立ち止まって風をやり過ごした。

小さな庵のような藁《わら》葺き屋根の家の前に立った。

案内を乞うと、作務衣《さむえ》姿の前原作左衛門が自ら出て来た。天文学者であり、長く書物奉行にあったという人物だ。

剣一郎の顔を見て、前原作左衛門の顔色が変わったのは剣一郎の用件を察したからであろう。

前回、明暦の大火の出火もとの本妙寺に何のお咎めもなく、同じ地に堂宇の再建が許され、さらに触頭にも任ぜられたのはどうしてかと問うた瞬間、前原作左衛門の好々爺然とした顔が渋いものに変わったのだ。

「きょうは、お叱《しか》りを承知でどうしてもお伺いしたいと思い、やって参りました」

剣一郎は先手を打つように言った。

しばらくじっと剣一郎の目を見つめていた作左衛門はやっと口を開いた。

「上がられよ」

そう言った瞬間、もう作左衛門は背中を見せていた。

「失礼します」

剣一郎は上がった。

書物が山と積まれた部屋で、作左衛門と対座した。

「上がってはもらったが、答えられぬものは答えられぬ」

作左衛門は頑固そうに突っぱねた。

剣一郎は構わず続けた。

「先日、お話しした赤い雲の話は、闇太夫と呼ばれ、東海道沿いの宿場、村々を恐怖に陥れた残虐非道な盗賊のかしら長兵衛が語ったものであります。その長兵衛の一味が、この数日以内に、江戸に火を放つ企みを持っております」

作左衛門の表情が微かに変わった。

「ですが、どこに火を放つのかわかりません。が、奴らの目的がわかれば、場所を突き止めることが出来る、そして、放火を阻止出来る。本妙寺の件が、どう絡んでいるのかわかりません。ですが、どんな手掛かりでも欲しいのです。あと、数日内で江戸は火の海になるでしょう」

　剣一郎は畳に手をつき、

「前原どの。どうか、お話しください。なぜ、明暦の大火の火元の本妙寺に何のお咎めもなく、かえって触頭となって寺の格式を上げているのかを。江戸を大惨事から守るためです。ぜひ」

　作左衛門は口をすぼめて、ちょっと困ったような顔をしていた。

「前原どの」

　剣一郎は鋭く迫った。

「今夜にも、奴らが火を放つかもしれないのです」

　まだ、作左衛門は決心がつきかねている。

「では、私から、言います。本妙寺に何のお咎めもなかったのは、本妙寺が火元ではなかったからではありませんか」

　作左衛門は膝に置いた手を握りしめた。

「そうなのですね」

「いや、私もはっきり確かめたわけではない」

「では、火元は別だという言い伝えがあるわけでございますね」

「そういうことだ」

「火元というのは？」

「それは……」

作左衛門は言いよどんだ。

「滅多なことは言えぬので」

「火元は本妙寺ではないことは確か。つまり、本妙寺が火元の罪をかぶったということになりますね」

「うむ」

「その代償として、その後の寺の発展を約束されたと？」

またも、作左衛門は「うむ」と唸った。

「火元はどこですか」

剣一郎は再度きく。

返事がない。

「ひょっとして幕閣に連なる……」

「わからぬ」

あわてて、作左衛門は口をはさんだ。

「しかし、老中のお声掛けなくして、世間の目を欺《あざむ》くような真似《まね》は出来ますまい。そこまでするということは」

明暦の大火時の本妙寺付近に老中のお屋敷があったかどうかは調べればわかる。

作左衛門は剣一郎の機嫌を取り結ぶように、

「青柳どの。証拠があっての話ではござらん。なにしろ、百年以上前のことだ。誰も、真相を知っているものはおらぬのだ」

と、すがるような言い方をした。

「ご安心ください。このことを言いふらすつもりは毛頭ございませぬ。長兵衛なるものの正体を突き止め、火付けを阻止することが私のすべきこと」

明暦の大火は今から百年以上も前のこと。今さら、火元を特定させる必要はなく、またそれが今回のことと結びついているとは思えない。

剣一郎は礼を言い、あわただしく前原作左衛門の家を飛び出た。

いったん屋敷に帰り、再び出仕するために支度をしていたが、文七が帰って来たという知らせに、剣一郎は濡れ縁に飛び出て行った。

庭に、まだ文七の姿はない。

やがて、若党の勘助の肩をかりて、疲労困憊《こんぱい》ぎみの体をよろけさせて文七が庭にやって来た。

「おう、文七、待ちかねたぞ」

眼窩が落ち窪み、頬も削《そ》げ、別人のようだ。

「青柳さま。遅くなりました」

縁側の前で、文七は最後の力を振り絞って気丈に振る舞った。

「何かわかったか」

いたわる余裕もなく、剣一郎は文七を促した。

「はい。闇太夫が盗みを働いた土地をまわって浜松まで行って参りました。一味が盗みを働いていたのは幕領、旗本領などで、大名領では盗みもしておりませぬ。それから、被害に遭った家の生き残った者に話を聞いて来ましたが、一様に言うのは江戸者が多いような気がしたと」

「江戸者が？」

文七は語り始めた。

二

文七は小田原、三島、沼津、駿府まで行き、その周辺で、闇太夫の押込みに遭った家の周辺の聞き込みをし、被害状況を聞き出して、さらにその土地土地の村役人などに話を聞いて廻った。

だが、これらは、代官所の手付けや手代、さらには江戸から出張って来た火盗改などが当然知っている事柄である。そこから、一味の手掛かりは摑めない。

そういう基本的な事柄を頭に入れてから、文七は同じ盗人稼業の者に接触しようとした。盗賊の噂《うわさ》は、同じ稼業の盗人のほうが詳しいと思ったのだ。

そこで、文七は女のいる場所に目をつけた。盗人は盗んだ金で派手に遊ぶ。そう睨《にら》んで、文七が狙いを定めたのは三島宿だった。

三島宿は本陣一つ、脇本陣二つ、旅籠が七十以上もある大きな宿で、さらに三島女郎で有名だった。

文七は駿府から三島に戻り、『橘屋《たちばな》』という旅籠に泊まり込んだ。ここには飯盛女がいる。

文七は、たきという飯盛女と馴染みになり、いろいろと客のことを聞き出した。文七はここでは江戸の小間物屋の手代で、大坂でとって来た売掛金五十両を懐に持って江戸に帰る途中だと触れ込んであった。

この金を狙う者が必ず出て来る。それが狙いであった。と、同時にさらに文七は積極的に動いた。

文七は宿場外れの荒れ寺で開帳されている賭場《とば》に顔を出した。

江戸を出る折り、文七は剣一郎から軍資金として五十両を預かってきた。その金は見せ金であり、わざとらしく賭場で見せつけた。そして、二日ほど経った日、賭場でそこそこ儲けて引き上げたとき、ついに文七に声をかけて来た男がいた。

「兄さん、勝ったようだね」

羽織を着て、商人ふうだが、目つきの鋭い男だ。三十半ばぐらいだろう。

「俺は目が出なかった。兄さん、確か、『橘屋』にいなさるね」

男は気さくな感じで言う。

「へえ、どうも居続けてしまいました。旦那も確か、『橘屋』で」

何度か見かけたことがある。派手に遊んでいた男だ。

「ああ、あの店に気に入った妓がいるのでね」

「さいですか」

文七は相手に調子を合わせた。

「私は幸兵衛《こうべえ》というものだ」

男は近在の村の絹商人だと名乗った。だが、堅気《かたぎ》の人間ではないと、文七は見抜いていた。

「私は、江戸は日本橋にある小間物屋『扇屋《おうぎ》』の手代で、文七と申しやす」

「文七さんか。いつまで、ここにいるんだね」

「へえ。早く江戸に帰らなくちゃならないんですが、ついずるずると」

「女の色香にはまっちまったのか」

「へえ」

「どうだね、近づきの標《しるし》に、そこらで一杯」

「へえ、じゃあ、ちょっとだけ」

幸兵衛は三島大社近くにある一杯呑み屋に入った。

問屋場の人足たちが大声で喚《わめ》きながら酒を呑んでいる。幸兵衛は空いている飯台に平然と向かった。

酒を酌み交わしながら、幸兵衛が探りを入れてくる。

「大坂には商売で？」

「へえ。売掛金の回収を任されました」

「ほう、それはたいへんだったな。で、うまくとれたのか」

「はい。おかげさまで。五十両も支払っていただけました」

「それはよござんした。さあ、どうぞ」

幸兵衛は酒を勧める。

「もういけません。私はからっきし酒に弱いほうで。もう、これだけ呑んだら、今夜は女と遊べません。眠ったら、もう何があっても朝まで目が覚めませんよ」

文七はわざと目をとろんとさせて言う。

「そうか。じゃあ、最後の一杯を」

幸兵衛は強引に注いだ。

文七は困ったような顔で、酒を喉に流し込んだ。

それから、よたよたして文七は『橘屋』に戻った。

幸兵衛は文七を部屋まで送って来た。

「じゃあ、お休みなさいな」

「へえ、お休みなさい」

文七は部屋に入った。

未明のことだ。案《あん》の定《じょう》、障子がすっと開き、また静かに閉じられた。

文七は寝床で神経を研《と》ぎ澄ましていた。立ち止まって様子を窺っているようだ。文七はわざと寝息を立てる。

やがて、忍び足が枕元までやって来た。

頭の上の荷物に手がかかった。その瞬間、文七の手が伸び、盗人の手首を摑んでひねった。

あっと、小さく悲鳴を上げ、盗人が倒れた。

文七は起き上がり、

「やっぱし幸兵衛さんか」

と、窓の外の月明かりで男の顔を見た。

「てめえ。あっ、いてえ」

文七は幸兵衛の手を後ろにねじ上げている。

「絹商人というのは真《ま》っ赤《か》な嘘。ほんとうは盗人だな」

「ちくしょう」

幸兵衛は顔を歪《ゆが》めた。

「ほんとうのことを言え」

文七は手に力を込めた。

「痛え。言うから、言うから放してくれ」

「よし」

文七は幸兵衛を放した。

幸兵衛はあぐらをかいて手をさすりながら、

「俺は木鼠《きねずみ》善兵衛《ぜんべえ》って言うんだ」

「枕探し専門か」

「冗談じゃねえ。ちゃんとひとの家にも忍び込む」

「東海道を荒し回っているのか」

「おめえ、誰だ？　ただ者じゃねえな」

木鼠善兵衛は怯《おび》えたように後退った。

「心配いらない。おめえをお縄にしようとは思わねえ。ところで、東海道を荒し回っていた闇太夫と呼ばれた男が率いる盗賊のことを知っているか」

「知らねえでか。あんな残虐な押込みをするなんざ、奴らは人間じゃねえ」

木鼠善兵衛は怒りを露《あらわ》にした。

「奴らのおかげで警戒が厳しくなって、仕事がやりづらくなっちまったんだ」

「一味について何か知らないか」

「俺は闇太夫の一味と一度出くわしたことがある」

「ほんとうか」

「ああ、三年前だ。韮山《にらやま》のほうの村の豪農に押し入ろうとしたその前に、あの連中が押し込んだんだ。やばいと思い、俺は村はずれの荒れ寺まで逃げた。そこの本堂に潜《ひそ》んでいたら、あろうことか、奴らがやって来たんだ」

木鼠善兵衛はちょっと身を竦《すく》めた。

「見つかったら殺される。あわてて、阿弥陀仏《あみだぶつ》の後ろに隠れた。その直後に、兜頭《かぶと》巾に面頬《めんぽお》で顔を隠し、金ぴかの袴姿の侍を先頭に一味が本堂に入って来やがった。その侍がかしらのようだった。そのかしらふうの男が兜頭巾と面頬をとった。俺は阿弥陀仏の後ろから百目蠟燭《ろうそく》の明かりに浮かび上がった男の顔を見た」

木鼠善兵衛は口許を歪《ゆが》めた。

「あの男は十五年ほど前、上州の荒熊《あらくま》の宗七《そうしち》という博徒《ばくと》の親分の所で用心棒をしていた男だ」

「上州にいたことがあるのか」

「ああ、もともと生まれはあっちのほうだからな。十五年ほど前、俺は荒熊の親分の所で開かれている賭場に通っていたんだ。まだ、小僧っ子の頃だ。そのときに見かけた浪人者に間違いなかった。ばかでかい鼻と大きな目が特徴だ」

それは長兵衛の特徴でもある。

「名は何と言う？」

「いや、俺は聞いたことはねえ」

「その他に何かわかったことはないか。子分のことは？」

「いや。それだけだ。へたに動いて気づかれたらたちまち殺されちまう。だから、あとはじっとしていたもんでな」

そこまで言って、ふと気づいたように、

「そう言えば、そのあとで、同じ盗人稼業の者とある宿でいっしょになったんだ。いつしか話題が、闇太夫に及んだ。なにしろ、盗人内でも、奴らのやり口には恐れをなしていたからな。で、そんとき、俺があのかしらは江戸の侍ではないかと言うと、そいつが、一味は江戸の人間を多く誘っているのだと言っていた」

一味に江戸の者が多いというのは、被害に遭った者も言っていたことだ。

「ひとに怪我《けが》を負わせて江戸追放となった者や、ひとを殺して逃げ出した者などを仲間にしているんだと言っていた」

「どうして、その男がそこまでわかるのだ?」

「その男も江戸にいられなくなったんだ。沼津の呑み屋で、闇太夫の一味らしい男から仲間に入らないかと誘われたらしい。そいつは断ったそうだが」

「誘って来たのはどんな男かきかなかったか」

「顎の長い男だったらしい」

「顎の長い男。その顎に傷は?」

「そうだ、傷があったと言っていた」

顎の十蔵か。

「もう、これ以上の話はねえ」

木鼠善兵衛は首を横に振った。

「いや。だいぶ参考になったぜ」

文七は言ってから、

「上州のどこだ、荒熊の宗七の縄張りは?」

「松井田《まついだ》だ」

文七は木鼠善兵衛を逃がした。

翌朝、文七は玉村《たまむら》宿に向かって発った。

文七は途中、鎌倉街道に入った。山道が多い。そして、倉賀野《くらがの》から中山道に入った。

三島を出て四日後に、文七は松井田に着いた。そのときは、もう二月の終わりになっていた。

荒熊の宗七を訪ねると、すでに荒熊の宗七は殺されて、荒熊一家はなくなっていた。そこで、やくざの親分衆を訪ね、荒熊一家にいた者を探した。

苦労したが、今は堅気《かたぎ》になって、一杯呑み屋をやっている寛次《かんじ》という男が見つかった。

仕込み中の店に入って、前掛けにたすき掛けの寛次に会った。堅気になって、顔から険がとれたのか、おとなしそうな男だった。四十半ばだから、十五年前は兄貴分ぐらいだったのだろう。

「今さら、あの頃のことをきかれてもねえ」

寛次は迷惑そうな顔をした。

「十五年ほど前、荒熊一家に用心棒の浪人がいたそうですねえ。目も鼻も大きな浪人だったとか」

　寛次は顔をしかめたが、

「ああ、思い出したぜ。江戸から来た浪人だ」

「江戸から？　名は何と？」

「いや、知らない。俺たちは、抜き打ちの旦那って呼んでいた。どうせ、ほんとうの名なんて名乗るはずないからな」

「抜き打ちの旦那？」

「そうだ。相当腕が立った。一度、賭場《とば》荒らしがやって来たとき、抜き打ちで相手を頭から真っ二つに割っちまったことがあった」

「凄《すご》い腕だ」

「ああ、居合の達人だ」

「他に、何か手掛かりになるようなことはありませんかえ」

「御家人崩れじゃねえかという話だ」

「御家人崩れ」

「ある日、茶屋で江戸から来ていた旗本の家来といざこざがあって、あの旦那はふたりの侍を斬り殺してしまった。そんとき、何が直参だと、唾《つば》と共に吐き出したということだ。そのとき、いっしょだった兄貴は、御家人だったと思ったそうだ」

十五年前に上州にやって来た御家人崩れの男で、居合の達人。そして、ばかでかい鼻に、大きな目という特徴。これだけで、正体がわかるかもしれない。

最後に、文七はきいた。

「東海道を荒し回っている、闇太夫と呼ばれる盗賊の噂を聞いたことはありませんか」

寛次は間を置いてから、

「ある」

と、答えた。

しかし、その用心棒が闇太夫と呼ばれる盗賊のかしらだとは想像もしていないようだった。

文七はそのことを口にした。

「あの用心棒が盗賊のかしらか」

寛次は驚いたように言う。

「邪魔しました」

文七が礼を言って去ろうとしたとき、寛次が呼び止めた。

「思い出したことがあった。その用心棒には情婦がいたんだ。その用心棒が、ここを離れたあと、その女がこんなことを言っていた。あの旦那には、江戸で女に産ませた子がいると」

「子どもが？」

「女の子らしい。そう、今は二十歳ぐらいか」

もう間違いなかった。長兵衛は闇太夫であり、元御家人だったのだ。

文七はすぐに江戸に引き返した。夜道を厭わず、江戸に戻ったのだ。

三

文七の話を聞き終え、剣一郎は膝を打った。

「文七。よくやった。間違いない。その御家人崩れの侍が長兵衛だ」

顔の特徴も、娘がいることも合っている。

その侍が、なぜ、御家人をやめたのか。そこから、今回の火付けの動機やら場所がわかるかもしれない。

「文七。腹が空いておろう。何か食べて行け。それからゆっくり休め」

剣一郎は立ち上がった。

「はい。ありがとうございます」

文七の食事の支度をするように多恵に言いつけ、剣一郎はすぐに出かけた。

駕籠《かご》を拾い、向かったのは本郷にある原田宗十郎《はらだそうじゅうろう》の組屋敷だ。もう、何度か原田宗十郎とは会っている。

原田宗十郎は御徒目付《おかちめつけ》組頭である。若年寄《わかどしより》の耳目となって、旗本や御家人などを監察するのが御目付で、その御目付を補佐し、巡察・取締りをするのが御徒目付である。

御家人に絡む事件のたびに、原田宗十郎に世話になっているのだ。

駕籠に揺られながら、風の様子を見る。風は強い。だが、烈風とは言えない。

原田宗十郎の組屋敷に着いたのは西陽がもうじき沈もうという頃だった。原田宗十郎は下城していた。

すぐに、剣一郎は案内された。

座敷で向かい合うと、

「火急のことゆえ、ご挨拶を失礼させていただきます」

と、直ちに剣一郎は用件を切り出した。

「お聞き及びかと存じますが、闇太夫と呼ばれる男をかしらにした盗賊が、江戸を焼き討ちにしようと暗躍しており、早ければ今宵にも実行に移す可能性があります」

「聞いておる」

原田宗十郎も緊張した声を出した。

「しかし、なぜ、闇太夫はここに来て江戸で仕事をする。その理由は何か」

「わかりませぬ」

「金の欲望に限りはない。東海道から江戸に盗みの舞台を変えたのではないか。だとしたら、火を付け、火事のどさくさにまぎれて金を奪おうとするのでは？」

原田宗十郎はまだ他人事《ひとごと》のように言う。

「奴らは、去年、浜松で豪農の屋敷を襲い、二千両を盗みました。それまでに盗んだ金を合わせれば、相当な額になるでしょう。何年も遊んで暮らせるはず。それなのに、江戸に舞い戻って危ない橋を渡る。それは金以外の目的があるからではありませぬか」

「金以外の目的とは？」

「闇太夫と呼ばれる男は直参に恨みがある様子」

「直参に？」

「当方の調べで、闇太夫と呼ばれる男は、十五年以上前に御家人をやめて江戸を出奔した者とわかりました」

「なんと」

原田宗十郎は驚きの表情をした。

「その者は、居合の達人で、ばかでかい鼻に、大きな目という特徴。旗本、御家人の直参を憎んでいるようでございます」

「十五年以上前か」

原田宗十郎は顎に手を当てた。

「おそらく、何らかの罪を受けたか、あるいは不祥事を起こして江戸を出奔したものと思えます」

「この何十年と旗本・御家人の暮らしは貧しく、自暴自棄になって罪を犯す輩《やから》が増えておる。十五年以上前だとすると」

ふと、原田宗十郎は立ち上がった。

「青柳どの。しばし、待たれよ」

原田宗十郎は部屋を出て行った。

しばらくして、女中が茶を持って来てくれた。

茶を飲みながら、剣一郎は原田宗十郎の戻りを待った。

また、思考は同じところに向かう。

なぜ、闇太夫こと元御家人の男は、江戸に火を放つのか。

一味の者は江戸を追われた者たちが多い。そのことからも、江戸そのものに対する復讐ということが考えられる。

しかし、復讐は特定の者に対するものかもしれない。

江戸を追われた人間が、自分を追い出した人間に復讐をする。それも考えられなくはないが……。

ふと、剣一郎は微かに何かが見えて来たような感触を得た。まだ、靄《もや》がかかり、ぼやっとしているが。

そこに廊下の足音慌ただしく原田宗十郎が戻って来た。

「今、記録を調べていたら、二十年前にこんな事件があった」

原田宗十郎は綴《つづ》りを手にやって来た。公式なものではなく、原田宗十郎が心覚えに書き留めておいたもののようだ。

「二十年前、小普請組の岡沢利兵衛《おかざわりへえ》が当時、御書院番頭だった桐山民右衛門の屋敷で狼藉《ろうぜき》を働き、家来ふたりを斬り殺して、そのまま出奔したという事件があった」

「小普請組の岡沢利兵衛？　動機は？」

剣一郎は身を乗り出した。

「岡沢利兵衛は逃げてしまったので、わからぬ。ただ、利兵衛は、騙《だま》されたと口走っていたようだ」

「騙された？」

「ただ、桐山民右衛門はまったく心当たりはないということで、岡沢利兵衛は乱心したということになった。というのも、その二年前に岡沢利兵衛は不注意から失火し、周辺の武家屋敷を焼いてしまったのだ」

「火事ですと」

「ああ。幸い、出火直後、大雨が降り出し、おかげで火事は大事にならずに済んだが、何十軒という武家屋敷や町人の家が焼け、死者も二十人近く出たそうだ」

火事……。剣一郎の頭の中がめまぐるしく回転している。

「屋敷から火を出したという不始末の責任をとらされ、岡沢利兵衛は小普請組に落とされた。それに伴い、屋敷替えとなり、本郷から本所南割下水に移った」

「岡沢利兵衛の屋敷は本郷にあったのですか。桐山民右衛門どのの屋敷はその近くに」

「そうだ」

「すると、わざわざ本所から本郷の桐山民右衛門どののお屋敷まで出向いて行って刃傷に及んだということになりますね」

「そうだ」

岡沢利兵衛は騙されたと口走ったという。

（火事）

再び、その言葉が頭の中で弾けた。

そして、屋敷は本郷。本郷から本妙寺を連想し、明暦の大火のことが蘇った。

「ひょっとして」

剣一郎が叫ぶように言った。

「何か、わかったか」

「ほんとうは、その火事の火元は旗本桐山民右衛門どののお屋敷だったのでは」

「まさか」

原田宗十郎は疑わしげに言う。

「ひょっとしたら、闇太夫の狙いは桐山民右衛門の屋敷」

いきなり剣一郎は立ち上がった。

「失礼します。改めて、ご挨拶に」

呆気に取られている原田宗十郎を尻目に、剣一郎は部屋を飛び出して行った。

四

その日、陽が西の空に沈んでから、だいぶ経つ。

夕方から、風の勢いが弱まった。

長兵衛は濡れ縁に立ち、江戸市中の空を見上げた。

(今宵は無理だ)

長兵衛は心の内で呟いた。

焦ることはない。明日こそ、強い風が吹くはずだ。

この命があとひと月持つかどうかわからない。いや、予想より早く病気は悪化しているようだ。

ゆうべも血を吐いた。最近、ときたま吐く。その血は、長兵衛の数々の悪事が混ざっているように赤黒く濁っていた。

だが、長兵衛は悲観をしていない。明日にでも、この目で、しっかりと江戸の空を焦《こ》がす炎を見ることが出来るからだ。

長兵衛は、二十二歳で父が亡くなり、岡沢家の跡を継いだ。長兵衛、実の名を岡沢利兵衛という。

あの火事さえなければ、と長兵衛は唇を噛《か》んだ。

隣家の一千八百石の旗本桐山民右衛門の屋敷から出火し、長兵衛の屋敷に飛び火した。あっという間に燃え上がった。むろん、桐山民右衛門も長兵衛の屋敷も全焼した。しかし、一帯を焼き尽くした直後、急に大雨が降りだし、火は鎮火した。

火事処理の最中、上役である桐山民右衛門から呼ばれた。桐山民右衛門は御書院番頭であり、長兵衛はその配下の御書院番頭与力であった。

長兵衛が呼ばれた場所は、延焼を免れた本妙寺の庫裏《くり》にある座敷だった。

桐山民右衛門の前に畏まると、民右衛門はいきなり手をついた。

「岡沢利兵衛、このとおりだ。この桐山民右衛門を助けて欲しい」

思わぬ桐山民右衛門の態度に、長兵衛は戸惑った。

「桐山さま。どうぞ、お顔をお上げください」

長兵衛は恐縮して言う。

「どうか、頼みを聞いてもらいたいのだ」

「私に出来ることでしたら」

長兵衛はそう言わざるを得なかった。

そこで、桐山民右衛門が言いだしたのは明暦の大火の話だった。

世間には振袖火事として流布している。本妙寺で死んだ娘の供養のために古着の振袖を焼いたところ、突風に煽られて火のついた振袖が舞い上がり、本堂の屋根を燃やして、大火事になったというものだ。

「ここだけの話だ。あの明暦の大火の火元は本妙寺ということになっているが、実際は違うのだ」

桐山民右衛門は意外なことを言いだした。

「じつは隣接している、ある御方の屋敷から出火した。その御方は老中だった」

「老中の屋敷から出火？」

「そうだ。十万を超える死者を出した大火事の火元が老中の屋敷とあっては、ご公儀の威信にも関わる。そこで本妙寺を火元にしたのだ」

桐山民右衛門は続ける。

「本妙寺のその後の発展を見るがよい。火元にも拘《かか》わらず、同じ場所に本堂の再建が許されたばかりか、『触頭』という異例の昇格を果たしている」

だんだん相手の意図が読めてきて、長兵衛は覚えず生唾《なまつば》を呑み込んだ。

「わかるか、利兵衛」

そう言い、桐山民右衛門は膝を前に進めた。

「このたびの火元の責任をかぶってもらいたい。これは、わしだけの考えではない。もっと上のほうも承知のこと。決して、そなたに悪い話ではない。一時的に苦労はするると思うが、その後の出世を考えれば決して悪い話ではないと思う。ぜひ引き受けてくれぬか」

出世という言葉に目が眩《くら》んだことも事実であるが、桐山民右衛門が頭を下げての願いを拒《こば》むことは出来なかった。

「おかげんに障りませんか」

背後で声がした。

「おとせか」

いつの間にか、おとせが来ていた。

長兵衛は振り向いた。

「どうぞ、お休みなさっていてください」

「うむ。そうしよう」

長兵衛は素直に従った。

ふとんに横たわってから、長兵衛は天井の節穴を見つめながら、

「おとせ。そなたには不憫《ふびん》なことをしたと思う。許せ」

と、声をかけた。

「いいえ」

最初は親娘の情愛などそれほど強くなかった。ただ、江戸が惨禍《さんか》に見舞われたとき、命を落とすようなことがあっては可哀そうだという気持ちはあった。

だが、ここでおとせに会い、長兵衛は目を見張った。若い頃のおとしにそっくりだったからだ。

「おとしはよくやった」

女手一つで、よくぞおとせをここまで育て上げたと、長兵衛はおとしを讃《たた》えた。

桐山民右衛門の失火の責任を負い、火元となった長兵衛にやがて下されたのは小普請入りという沙汰だった。無役になったのである。

それに伴い、生まれ育った本郷の地を離れ、本所南割下水に屋敷替えとなった。

一時の辛抱だと言う桐山民右衛門の言葉を信じ、それから長兵衛は本所で暮らすよ

うになった。独り身だったので、ある意味では気軽な気持ちだった。

桐山民右衛門から謝礼としてもらった金で、長兵衛は亀戸天満宮境内の茶屋に顔を出すようになり、そこで働いていたのがおとしだった。

おとしはりんとしていて、おとなしそうな顔立ちに似合わず、気の強い女だった。そんなところも、長兵衛が気にいった一つだった。

長兵衛は毎晩のように茶屋に通った。男女の仲になるまで、そう時間は掛からず、やがておとしが身籠《みご》もった。

しかし、長兵衛はいずれ出世して行く人間である。おとしを妻にするわけにはいかなかった。

おとしはそれでもいいと言った。桐山民右衛門からさらに金をもらい、おとしのために家を借りてやった。

いずれ、お役に就く。そうしたら、おとしともあまり会えなくなる。そう思いながら毎日を過ごしていたが、いっこうに上役からの沙汰《さた》の来る気配はなかった。

そのうちに、なんとなくおかしいと思うようになってきた。何かの手違いがあったのかもしれないと思い、桐山民右衛門に会いに行った。このときは、まだ疑ってはなかった。

何度か、桐山民右衛門に会った。そのたびに、もうしばらく待て、という返事だった。

小普請支配との面会の折りに、長兵衛は御番入りのことをきいてみたが、一蹴された。

「そんなはずはありませぬ。私は御書院番頭の桐山さまから言われております」

「何を寝ぼけたことを。そなたはあのような風の強い日に、火の用心を怠って火事を起こしたのだ。その不始末を棚に上げて、何を言うか」

「違います。あの火事は……」

そこまで言って、あとの言葉が続かなかった。

そのとき、はじめて桐山民右衛門に不審を持ったのだ。

長兵衛は桐山民右衛門に掛け合いに行ったが、民右衛門は会おうとしなくなった。おとしが女の子を産んだ。だが、長兵衛は騙されたことで、錯乱していた。桐山民右衛門の屋敷に行き、門番の制止を振り切り、屋敷内に押し入った。まだ仮の屋敷だったが、桐山民右衛門の名を呼びながら玄関を入ると、家来が飛び出して来た。

長兵衛は逆上して、一刀の下に斬り捨て、さらに用人らしき侍をも斬り、屋敷を飛び出した。

そのまま、長兵衛は江戸を離れたのだ。

「わしはある事情があって江戸にいられなくなった。だが、おとしやおとせのことを忘れたことはなかった」

長兵衛は言ったが、それは嘘だった。

追手から逃げ回る暮らしが続いたのだ。野州、上州と転々とし、やくざの用心棒をしながら食いつなぎ、追手らしき者の姿を見れば、すぐにその土地を離れる。そういう暮らしの中で、いつしかおとしやおとせのことを忘れていったのだ。

「おとしには可哀そうなことをした。わしと出会ったばかりに」

長兵衛はしんみりとなった。

「母さんからはおとっつあんは死んだと聞かされていました。それから」

おとせは言いづらそうに言葉を止めた。

「おとしに好きな男はいたか」

察して、長兵衛は言った。

「はい」

「そうか。おとしにそういう男がいたか。安心した」

それは正直な気持ちだった。あのままでは、おとしが可哀そう過ぎた。

「おとせ。すまないが、あと二、三日、ここにいてくれないか。わしは、おまえに最期を看取ってもらおうとは思っていない。ただ、数日間でもこうしていっしょに暮らせることだけで満足だ」

長兵衛は疲れてきて目を閉じた。

「藤次郎さんは来てくれるだろうね」

ふと、長兵衛は目を開けた。

「はい。明日、来るはずです。夕方の七つ（四時）頃、法恩寺橋まで私が出迎えに行きます」

「そうか」

おとせだけでなく、亭主の藤次郎の身も危険にさらしたくないのだ。

長兵衛は安心して、再び目を閉じた。

死期が近づいていることが、自分でもわかる。

瞼《まぶた》が重くなった。いつの間にか寝入ったらしい。寝入りばなに夢を見た。

亡者がうじゃうじゃと長兵衛にしがみついて来る。その亡者たちは、長兵衛が闇太夫として押し入った先で殺した者たちだ。

長兵衛はその者たちを追い払う。だが、亡者の数は数えきれない。あとからあとから、やって来る。

長兵衛はうなされた。

「おとっつあん」

おとせが何度も呼びかけている。

奈落の底に落ちるような衝撃の末、目が覚めた。

目の前に、おとせがいた。

「おとっつあん、ずいぶんうなされていたわ」

心配そうな目で、おとせは覗き込んだ。

「どうして、おとせが？」

まだ頭があまり働いていない。

「さっき、話している途中に、おとっつあんは眠ってしまったのよ」

「そうか。ずっといてくれていたのか。ありがとう」

長兵衛は自分の目から涙が流れたのを知った。そのことに自分でも驚いた。涙とは無縁だと思っていたのだ。

「今、何刻だ？」

「そろそろ四つ（十時）になるころかと」

「そうか。おとせも寝なさい。わしならだいじょうぶだ」

「でも」

「心配いらない」

「では」

おとせが長兵衛を気にかけながら部屋を出て行った。

もうだいぶ前から薬を飲んでいない。飲んだところで、治るわけではない。死期を先延ばしする必要はもうないのだ。

だが、毎晩のように見る夢には閉口している。

いつも同じ夢だ。亡者がとりついてくる夢だ。ある者は顔を血だらけにし、ある者は足を引きずりながら、恨みのこもった目で追いかけて来る。

押し入った先で殺した人間の顔など見ていないし、見ていたとしても覚えているわけはない。それでも、夢に出て来る亡者の顔が自分が殺した者であることはわかった。

何人殺したかわからない。おそらく百人ではきかないだろう。そして、今また、江戸を焼き払い、大勢の命を奪おうとしている。

桐山民右衛門、今度の大火事の火元はおまえの屋敷だ、と長兵衛は呟いた。

五

三月三日。新兵衛は早暁に目を覚ました。久しぶりに八丁堀の屋敷に帰って、我がふとんで寝た。

さっと起き上がり、庭に出た。風が強い。新兵衛は不安げな目で空を見上げた。きょうは風が強そうだ。

ここ数日、新兵衛は配下の者二人と共に、長兵衛の行方を追って隅田村から堀切村まで歩き回っていた。その疲れは最高潮に達している。

だが江戸を守るためにはやらねばならないのだ。厠に行き、井戸端で冷たい水で顔を洗うと、ようやく目がすっきりしてきた。

きのう、ようやく手掛かりを掴んだ。

最初に弥八を尾行して見つけた家からそう離れていない場所に、長兵衛の隠れ家があったはずだと睨《にら》んだ。寺島村、隅田村の川沿いには豪商の別邸があり、今は廃屋《はいおく》になっているものもあった。それらを一軒ずつ訪ね、ついに木母寺《もくぼ》の北、綾瀬川と隅田川が落ち合う辺りにある家に、長兵衛らしき男が暮らしていたことを突き止めた。

近くの百姓がときたまそこに野菜などを届けていたという。しかし、長兵衛はそこにはいなかった。

ちょうど、青柳剣一郎と新兵衛が寺島村の廃屋で浪人者に襲われた日の前夜、一艘の小舟が綾瀬川を南西の方角に行くのを、堀切村にある菖蒲《しょうぶ》園の雑用掛かりの男が見ていた。

その船に、五十年配の男が乗っていたという。

間違いない。長兵衛はさらに移動したのだと確信した。

長兵衛こと闇太夫の狙いは、本郷の旗本桐山民右衛門の屋敷だとわかったのだ。だが、それは狙いの一つだ。数ヵ所で、火を放つ可能性がある。桐山民右衛門の屋敷だけを阻止出来たとしても、それだけでは不十分なのだ。

新兵衛は庭から居間に戻って、覚えず目を見張った。初枝がいたからだ。丸髷に結い、薄い化粧をしていた。

「どうした、起きてだいじょうぶなのか」

新兵衛はきいた。

「はい。きょうは気分がよいのです」

「そうか。それはよかった」

新兵衛も微笑んだ。

「どうぞ、朝餉《あさげ》の支度が出来ております」

「なに、朝餉？」

笑みが引っ込み、だんだん薄気味悪くなった。ここ数日間、新兵衛は屋敷に帰らなかったのだ。その間、初枝の病はさらに悪化したのか。それとも、何か魂胆があるのかと警戒した。

最近では珍しく、初枝の給仕で朝餉をとった。

しじみの汁が温かい。白い湯気の立つ飯に葛西菜。

初枝は傍でじっとしている。何か言葉をかけてやらねばと思うのだが、うまい言葉が見出せない。

それにしても、初枝の顔はつり上がっていた目も穏やかになっているように見える。いったい、これはどうしたことか。

しかし、今の新兵衛にはそのことにかかずらっている余裕はなかった。もう出かけなければならない。

急いで飯を食い、茶を飲み、立ち上がった。

初枝の手を借りて着替えると、新兵衛は玄関に向かった。

いったい、何があったのか。新兵衛は不審を持ちながら門を出た。

八丁堀組屋敷の堀にあいにく船はなく、日本橋川沿いにある船宿から猪牙舟《ちょき》を出した。風があり、船が出るか危ぶまれたが、なんとか隅田川に漕ぎだした。

「旦那。きょうは風が強くなりそうですぜ」

船頭が言う。

「だいぶ揺れるな」

小さな船は激しく上下に動いた。

やっとの思いで、厩橋《うまやばし》の船着場に着いた。そこから、新兵衛は浅草田原町にある一膳飯屋『日吉屋《ひよし》』に向かった。

この『日吉屋』も、新兵衛が探索のための根城にしている家だった。ここの主人も、以前に新兵衛が捕まえたことのある盗人だ。今は堅気になって、一膳飯屋の亭主に納まっている。

そこの部屋を借りて、新兵衛は百姓に身を変えた。

新兵衛はここ数日、この家に寝泊まりして、長兵衛の行方を追っていたのだ。

その一膳飯屋を出て、橋場から渡し船に乗ろうとしたが、この風では渡し船は運航中止だと思い、吾妻橋を渡った。

それから隅田堤をひた走り、途中右に折れて白髭《しらひげ》神社にやって来た。そこに、すでに配下の者がふたり、ひとりは薬売り、もうひとりは願人坊主に化けている。

互いに目顔で合図し、それぞれに境内を出た。

三人は小舟の行方を追い、綾瀬川沿いを木下川《きのしたがわ》村に向かった。

野良仕事をしている百姓に、新兵衛は声をかけた。

「ちょっと前になるけど、夜に、この川を五十年配の男を乗せた小舟が通ったんだが、見なかったかね」

首に手拭いを巻いた新兵衛はいかにも百姓にしか思えない。

「いや、見ねえな」

「そうか。すまなかった」

向こうのほうで、薬の行商姿の手下が百姓家に入って行くのが見えた。

新兵衛はしばらく先に行き、若宮《わかみや》八幡社の前で向こうからやって来た若い男に声をかけた。

同じことをきくと、若い男ははたと思い出したように、

「そういえば、夜に小舟が通った」

若い男は村の娘と逢い引きをしていたらしく、川べりで並んで腰を下ろしている

と、静かに小舟が走って行ったという。

新兵衛はさらに先に進んだ。対岸に木下川薬師が見える。そこに渡る橋には薬師に参る善男善女の姿が見える。

さらに行くと、やがて、対岸にこんもりした杜《もり》が近づいて来た。吾妻の杜、あるいは浮洲《うきす》の杜と呼ばれ、そこに吾妻権現社がある。

ふと、新兵衛は足を止めた。さっきから風が出始めていたが強さを増したようだ。北西の風だ。

きょうも空は晴れている。雲が速く流れていく。雨も降らず、空気はからからに乾いている。

新兵衛はさっと押し寄せた不安を振り切り、先を急いだ。

と、そのとき、吾妻権現社の脇の川のほとりに小舟がもやってあるのを見つけた。橋を渡って対岸に行き、新兵衛はその小舟に近づいた。この先は北十間川とぶつかる。

新兵衛は小舟に飛び乗った。そして、船底を調べた。手掛かりになるようなものはなかった。が、船縁に血のようなものが残っていた。さらに調べると、赤黒くなった手拭いが丸めて舳先に押し込んであった。

いつの間にか、配下のふたりがやって来ていた。

「見てみろ」

新兵衛はふたりに手拭いを見せた。

「これは」

ふたりが同時に言い、顔を見合わせた。

「刃傷沙汰があったのかと思ったが、それならもっと血が飛び散っているはずだ」

長兵衛が口から吐いた血ではないかと、新兵衛は言った。

「じゃあ、長兵衛はここで陸に」

「そうだ。ここで船を捨てたに違いない」

さっそく、目撃者を探しに、周辺の百姓家を訪ねた。

この先は亀戸村だ。歩いたか。しかし、長兵衛は病人だ。たとえ、短い距離でも、寒い夜に歩くのはつらいのではないか。

やはり、駕籠《かご》に乗ったのだ。いくら、駕籠でも、そう遠くには行けないはずだ。

探索しているふたりを残し、新兵衛は吾妻権現社の境内で遊び人ふうの姿に扮装を変え、本所回向院前まで急いだ。

確か、回向院の前に駕籠屋があったはずだ。

『駕籠竜《りゅう》』という駕籠屋の土間に入り、内儀にきいた。

「すまねえ。数日前の夜、吾妻権現社の前辺りから、五十年配の男を乗せた者がいねえか、当たっているんだ」

内儀はあらっと叫んだ。新兵衛を知っていたのだ。

「気づいたかえ」

「作田の旦那じゃありませんか。今、若い衆にきいてみますよ」

内儀は板の間でたむろしている駕籠かきにきいた。ちょっと前に戻って来たばかりらしい肩幅が広くて首の太い男が汗を拭きながら、

「あっしが乗せやしたぜ。ここから乗って行った男が吾妻権現社までやってくれと言う。なんか夜参りでもあるのかと思いながら吾妻権現に行くと、五十ぐれえの男がやって来た。今度はその男を乗せた」

「どこまでだ？」

「近くですぜ。法恩寺でさ」

「山門の前で下ろしたか」

「そうです」

「そこから、どっちへ行ったか見ていないか」

「いえ」

「そうか。助かった」

内儀が何か言うのを背中に聞いて、新兵衛は駕籠屋を飛び出した。

新兵衛は法恩寺橋を渡った。

法恩寺の山門前に立ち、辺りを見回した。長兵衛はそんなに長く歩けないはずだ。この近くに、長兵衛はいる。

おそらく、一味の者が予《あらかじ》め借りていた家だろう。家主に確かめても、怪しい人間に貸したという意識はないはずだ。

だが、一軒ずつ調べていくわけにはいかない。

陽が西に傾いた。時は容赦なく過ぎて行く。新兵衛は焦った。

ますます風が強くなって行く。今夜だ。そんな胸騒ぎがしてならない。

仮に、長兵衛を見つけても、闇太夫と呼ばれた男が、口を割るとは思えない。この付け火の指示は闇太夫から出ているのだ。

新兵衛は絶望的な気持ちになった。

寺の塀を廻り、それから横川の辺に出た。この付近に、長兵衛が、いや闇太夫がいるのだ。

風が顔を叩くように吹く。烈風だ。この風に乗れば、火はどこまでも延焼するはずだ。

新兵衛が江戸市中のほうの空を見た。紙が風に巻き上げられて飛んでいた。凄まじい風だ。

六

風が唸って凄まじい音を鳴らした。

作事奉行桐山民右衛門の屋敷の板塀が続いている。

すでに闇太夫の一味が中間《ちゅうげん》に化けてもぐり込んでいるかもしれず、剣一郎は正面から桐山民右衛門を訪れることを控えた。

「それでは、お願いいたします」

剣一郎は定火消の旗本小山田郁太郎《おやまだいくたろう》に頼み、桐山民右衛門を呼び出すことにしたのだ。今、その小山田郁太郎の配下の与力が桐山家に入って行った。

それから、剣一郎は本妙寺に向かった。

庫裏の座敷で、剣一郎は桐山民右衛門を待った。かつて、岡沢利兵衛がここで桐山民右衛門から因果を含まれた場所であることを、剣一郎は知らない。

四半刻(三十分)ほどしてから、桐山家の用人佐山喜兵衛《さやまきへえ》がおっとり刀で駆けつけて来た。

が、すぐに部屋に入ろうとせず、敷居の前に立って、部屋の中にいる剣一郎を見つめていた。

鬢《びん》に白い物が目立つ、神経質そうな男だった。

「南町奉行所与力、青柳剣一郎と申します」

剣一郎は挨拶する。

すると、佐山喜兵衛はつかつかと入って来て、乱暴に座り、

「いったい、何事でござるか。桐山家の危機であるかのような文を寄越して」

定火消は三千石以上の旗本がなる。その旗本の小山田郁太郎からの呼出しなので、急いで飛んで来たが、そこにいるのが八丁堀の与力と知って態度を変えたのだ。

「おひとりでございますか」

「我が殿は用事があって参られぬ。わしが代わりに来た」

「佐山さまでございますね」

「そうだ。だから、何の用だときいておる」

「お聞き及びかと存じますが、闇太夫と呼ばれる男をかしらにした盗賊が付け火をし、江戸を焼き尽くそうとしております」

「それが、我が御家とどう関係があるのだ」

落ち着かなげに、佐山喜兵衛は言う。

「本来であれば、桐山のお殿様からお話を承りたいと思いましたが、そうもいかず、佐山さまにお伺いいたします」

「ええい、早く申せ」

「佐山さまは、岡沢利兵衛という男をご存じでいらっしゃいますか」

「岡沢利兵衛？」

佐山喜兵衛は眉根を寄せた。すぐに思い出せないようだった。

「佐山さまは、桐山の御家にはどのくらいおられますか」

「そんなこと答える必要があるのか」

「はい」

「二十年ぐらいだ」

「どうして、桐山家に？」

「それは、前の御用人が不慮の死を……」

そこまで言って、佐山喜兵衛があっと声を上げた。

「思い出されましたか。前の用人を斬ったのが岡沢利兵衛でございます」

「なぜ、そんな古い話を持ち出すのだ」

「その前に、なぜ、岡沢利兵衛がそのような真似をしたのか、わけをご存じでございましょうか」

「乱心したと聞いておる」

「そうですか。じつは、この岡沢利兵衛はその後、江戸を出奔し、流れ流れた末に、盗賊のかしらになり、闇太夫という名で東海道筋を荒し回ったのです」

いらついた目を、佐山は剣一郎に向けた。

与力風情にここまで呼び出されたという不満が顔にありありと現れている。

「その闇太夫一味が江戸にやって来て、江戸に火を放つ。その大きな狙いが桐山家でございます」

「ば、ばかな。なぜ、そのようなことがわかるのだ」

「闇太夫こと、岡沢利兵衛は二十二年前の復讐をしようとしているのです」

「ばかばかしい。復讐だと？　何を寝ぼけたことを言うのだ」

「佐山さま、落ち着いてお聞きください」

今にも立ち上がって帰りそうな佐山に、剣一郎は訴えるように言った。

「お屋敷内に、闇太夫の一味の者がもぐり込んでいるとみてよろしいでしょう。中間に化けているか、あるいは中間をたぶらかせて中間部屋に入り込んでいるか」

「青柳どの、そなたは当家に何か恨みでもござるのか。そのようなありもしない話をしおって」

「佐山さま。どうかお聞き入れください。このまま手を拱《こまね》いていては」

「ええい、黙られよ」

「いえ、黙りません。桐山家に火が上がれば、この強風に乗り、火事は延焼するは必定。ぜがひでも、防がなければなりませぬ」

「ありもしないことを調べようがござらんよ」

佐山喜兵衛は口辺に薄ら笑いを浮かべた。

「では、私を中間部屋にお入れくださりませぬか」

「ばかな」

佐山喜兵衛は吐き捨てた。

「お断り申す」

とうとう立ち上がった。

「お奉行じきじきに内密の呼出しかと思い来てみれば、たかが与力風情が何を言うか」

佐山喜兵衛は憎々しげに罵《ののし》った。

「お待ちください」

必死に引き止めながら、この偏屈め、と剣一郎は腹が立った。

この異常事態がわからぬのかと、怒鳴《どな》りたくなった。

「二十二年前の火事で、この一帯が焼け、桐山さまのお屋敷も、岡沢利兵衛の屋敷も燃えました。このときの火事の火元はどこだとお聞きでございますか」

「ふん。岡沢利兵衛の屋敷に決まっておるではないか」

「違います」

「違うだと?」

「そうです。岡沢利兵衛はあえて火元の汚名を被ったのです。その見返りがあることを期待して。ですが、岡沢利兵衛は騙されたのです」

「まさか、我が御家から出火したと申すのか」

「そうです。岡沢利兵衛は桐山の殿様の言葉を信じて、火元になったのです。だが、騙されたと気づき、刃傷に及んだのです」

「いいかげんなことを言いおって」

佐山喜兵衛は渋面を作り、

「帰る」

と、部屋を出ようとした。

「お待ちください。もし、火が出たら、どうなさいますか。この風で、江戸は火の海になりましょう。その大火事の火元が桐山家だとしたら、どういたしますか」

敷居の前で、佐山喜兵衛の足が止まった。

「もし、私をお屋敷内に入れるのが無理なら、ぜひ奉公人を調べてください。それと、殿様に今のお話をしてくださるようお願い申し上げます」

「よし。我らで屋敷は守る」

佐山喜兵衛は部屋を出て行った。

剣一郎は茫然と見送った。

ゆっくり陽が傾いて来た。風は弱まりそうになかった。

剣一郎は本妙寺を出た。

自身番の上に建っている火の見櫓に監視の者が目を光らせている。すでに、剣一郎は本郷周辺の町の火の見櫓に上がる者に、旗本桐山民右衛門の屋敷に注意を向けるように告げてある。

職人体《てい》の男が剣一郎に会釈をしてすれ違って行った。岡っ引きである。変装して、この界隈を見まわっているのだ。

桶が道端に転がって行った。

剣一郎は旗本桐山民右衛門の屋敷が見通せる場所に来た。そこで、町方が見張っている。

「誰も出て来ないか」

「はい。入ったのは、さきほどの用人だけで」

もう、一味の者はこの屋敷内で時を待つだけなのに違いない。果たして、用人の佐山喜兵衛がちゃんと奉公人を調べるか。

あの様子では心もとない。第一、屋敷が狙われているという自覚がないのだ。それも無理はないのかもしれない。

だが、岡沢利兵衛の名を告げてくれれば、桐山民右衛門も話を信用しようが……。

ふと時の鐘が鳴り始めた。

「七つ（四時）か」

剣一郎は荒れ狂う空を見上げた。

七

七つの鐘を、新兵衛は横川にかかる法恩寺橋の袂で聞いた。

長兵衛の行方は摑めそうになかった。この近くに潜伏しているのは間違いない。時が容赦なく経ち、新兵衛は焦《あせ》ってきた。こうなったら、岡っ引きらを動員して、この一帯をしらみ潰しにするしかない。

そう思い、その手配をするために橋を渡り、横川沿いに南に行き、手下を探していると、町駕籠がやって来るのが目に入った。

相変わらず、風は強い。ときに目を開けていられなくなる。

新兵衛は川っぷちに身を避け、駕籠を見送った。すると、駕籠は橋の手前で停まった。

新兵衛はなんとなく胸騒ぎがした。期待かもしれなかった。長兵衛の一味の者がやって来たのではないかと思ったのだ。

駕籠から二十半ば過ぎの色白の男が下りた。羽織姿で、商家の若旦那ふうの男だった。ひと目で、違うと思い、落胆した。

駕籠が引き返してきた。その駕籠を拾い、乗って行こうかと思ったとき、男の声が聞こえた。

「おとせ」

新兵衛は橋を見た。若い女が橋を渡って来た。

「ごめんなさい。お待ちになりました？」

「いや、ちょっと前に来たのだ。さあ、案内してくれ」

新兵衛は駕籠をやり過ごした。

何か、神経が刺激を受け、新兵衛はふたりの男女が橋を渡るのを見ていたが、突然、新兵衛はふたりのあとを追った。

おとせ。確かに、男はそう呼んだ。

（おとせ）

新兵衛はもう一度、心の内で呟いた。

長兵衛の娘もおとせという。植村京之進がおとせという娘を探したらしいが、探し出せなかった。無理もない。名前だけでは不可能だ。

ふたりは橋を渡り、本所出村町に曲がった。

そこに、薬の行商姿の手下がやって来た。

「今、駕籠が若旦那ふうの男を運んで来た。駕籠かきに、どこから乗せたか聞き出し、出来たら、その家におとせという女がいるか調べてきてくれ。俺は法恩寺の境内で待っている」

「わかりました」

手下がすぐに駆け出して行った。

新兵衛は急いで橋を渡る。

ふたりは角を曲がった。新兵衛も遅れて曲がった。突き当たりに法恩寺の塀が見える。

その塀まで行かないうちに、ふたりは板塀に囲われた二階家に入って行った。

新兵衛はなにげない様子で、その家の前を行き過ぎた。庭に大きな松の樹がある。

新兵衛は法恩寺の塀際にある銀杏の大樹の陰に身を隠し、その家を窺《うかが》った。

風が唸《うな》り、枝が揺れている。こんな夜に火を付けられたら、たちまち江戸は火の海だ。からからに乾いた空気、木と紙で出来た家はすぐに燃え上がるはずだ。

願人坊主に化けた手下がやって来た。

「作田さまの姿が見えたので」

「よいところに来てくれた。あの家が怪しい。見張っていてくれ」

「へい」

新兵衛は近所の商店で話を聞こうと思ったが、本郷菊坂町や神田相生町でのことを思い出し躊躇《ちゅうちょ》した。

長兵衛の用心深さは尋常ではない。しかし、今夜が勝負だ。まさか、知らせに行くことはあるまいと思い、途中にあった八百屋に入った。

店先の台上にだいこんやごぼう、ねぎが並んでいる。

「そこの二階家のことだ」

新兵衛は身分を名乗って、きいた。

「あそこは、深川で商売をしている旦那の妾《めかけ》の家ですぜ」

「その妾はどんな女だ？」

「大柄な色っぽい女です。ですが、最近は見掛けません。住込みの婆さんを見るだけです」

さっきの女とは違う。

「おとせという女はいるか？」

「いいえ、知りません。あの女はそんな名前じゃありませんでしたよ」

「最近、あの家に五十年配の男がやって来たということは知らないか」

「あっしは見かけておりませんが、そう言えば、うちの嬶《かかあ》があの家に野菜を届けに行ったとき、男のひとがいるのを見たと言っていやした」

「そうか。邪魔した」

新兵衛は八百屋を出た。

さっきの場所に戻った。新兵衛は手下に、

「どうだ？」

「誰も出て来ません。ですが、さっき、あの家から赤子の泣き声が聞こえました」

「なに、赤子？」

おとせの子だろうか。

陽が翳《かげ》ってきた。いよいよ、夜が近づいてきて、気のせいか、ますます風の勢いが増したように思える。

新兵衛はあとを任せて、法恩寺の境内に向かった。

山門を入って、駕籠を追って行った手下を待った。

やがて、陽の入りの時刻を迎えた。暮六つ（六時）の鐘を聞いていると、ようやく、薬の行商姿の手下が戻って来た。

「おう、どうだった？」

「へい。駕籠は尾張町からでした。小間物屋『藤次郎』の主人の藤次郎です。で、その藤次郎の女房がおとせ。おとせは半年前に子を産みました」

「やはり、おとせの子か」

「旦那。それより、店の者によると、おとせの生き別れだった父親が現れ、数日前からおとせはその父親の所に子どもを連れて行っており、きょうは藤次郎がそこに行ったということです」

「よし。とうとう見つけたぜ」

長兵衛こと闇太夫の手下はそれぞれの持ち場で待機しているはずだ。あの家には長兵衛だけだ。あとは、おとせと亭主の藤次郎。

だが、そこで新兵衛ははたと迷った。長兵衛を問い詰めても、火付けの場所を白状するとは思えない。なにしろ、闇太夫と呼ばれた残虐な盗賊のかしらなのだ。

長兵衛にかかずらっている間に、江戸は火の海になるかもしれない。青柳剣一郎を呼んで来る時間がない。

（おとせだ）

長兵衛は娘のおとせを助けようとしている。その僅かな仏心にかけてみようと思った。

ふたりの手下を家のまわりに見張らせ、新兵衛はおとせと藤次郎が入って行った家に向かった。

格子戸を開け、

「ごめんくださいまし」

と、新兵衛は大きな声で案内を請うた。

すぐに、はあいという声がして、さっきの女、おとせが出て来た。

大きくくりっとした目をしている。

「あっしは大旦那さまに世話になっている十蔵と申します。ちょっとお会いしたくて参りました」

顎の十蔵の名を騙《かた》った。

「少々お待ちください」

おとせは奥に引っ込んだ。

待つほどのこともなく戻って来た。

「どうぞ」

「では」

と、新兵衛は草履を脱いだ。

おとせの案内で、庭の見える廊下を行き、突き当たりの部屋まで行った。

おとせが障子を開け、

「どうぞ」

と、新兵衛を見た。

おとせに会釈をし、新兵衛は部屋に入った。

ふとんの上で、窶《やつ》れた男が大きな目を見開いて、新兵衛を睨み付けた。

「十蔵じゃ……」

おとせに気づかって、長兵衛は声を止めたのか。十蔵じゃねえ、と言おうとしたのだろう。

新兵衛はふとんの傍に腰を下ろした。

「どうぞ、ごゆるりと」

おとせが障子を閉めて去って行った。

「誰だ、おまえは？」

長兵衛の目から刃物のような鋭い光が放たれた。

「隠密廻り同心、作田新兵衛と申す」

長兵衛は立ち上がろうとしたが、もう体は言うことを聞かないようだ。

「落ち着いてくだされ、岡沢利兵衛どの」

うっという奇妙な声が、長兵衛こと岡沢利兵衛の口から漏《も》れた。

「あなたが闇太夫であることはもう調べがついている」

しばらく顔を真っ赤にし、拳に握った両の手を震わせていたが、やがて大きく息を吐き出した。

「よく、ここまでやって来たな」

長兵衛は苦しそうな顔に冷笑を浮かべ、

「だが、もう、遅い。今夜、江戸は火の海になる」

「いや。そうはさせない。あなたの狙いは、旗本桐山民右衛門どののお屋敷」

「そうか。そこまで調べ上げていたのか。だが、そこだけではない」

「それを教えていただきたい」

「出来ぬ。もう、わしの仕事は終わった。あとは、配下の者が動くだけだ。わしはもう長くない。冥土《めいど》の土産に江戸が燃えるのを見て……」

「無理です」

新兵衛は相手の声を遮《さえぎ》った。

長兵衛が訝《いぶか》しげな目を向けた。

「この家の前を捕方が取り囲んでいる。私が合図をすれば、すぐに駆け込んで来ることになっている」

嘘を言い、さらに、新兵衛が話を続けようとしたとき、障子の外から声がした。

「失礼いたします」

おとせだ。

障子を開けて、おとせが入って来た。

茶をいれてくれたのだ。おとせは新兵衛の前に湯呑みを置いた。

「ありがとうございます」

新兵衛は礼を言う。

「おとっつあんも」

おとせは長兵衛の湯呑みを置いた。

丁寧に頭を下げて、おとせが出て行った。

「いい娘さんだ。お子が生まれたそうですね。あなたの孫だ」

長兵衛の顔色が変わった。

「さっきの続きだが、私の合図で捕方が踏み込んだら、あなたは娘夫婦と孫の前で、闇太夫としてお縄を受けることになる。おとせさんは、あなたの本性を知って、どんなに驚き、衝撃を受けるか。いや、江戸を火の海にしようとしていると知ったら」

「やめろ」

苦しいのか、長兵衛は肩で息をしていた。

「利兵衛どの。もし、付け火の場所を教えてくれるのなら、あなたが闇太夫であることは黙っている。あなたはおとせさんを火の海に巻き込みたくないからここに呼んだはずだ。おとせさんを泣かしてもよいのか。何も知らない赤子も、生涯闇太夫の孫として生きていかなければならなくなる」

「構わぬ。俺は二十年前に、人間の心を捨てたのだ。俺は闇太夫だ」

「違う。察するに、病気になって、江戸が恋しく、娘さんが恋しくなったのではないか。人間の心が蘇ったのだ。じゃなければ、おとせさんを火事の災《わざわ》いから救おうとはしないはずだ」

ときおり、風が何かを吹き飛ばし、塀かどこかに当たる音が聞こえる。強い隙間風も入ってくる。

「さあ、教えてくれ。これ以上、罪を重ねるな」

興奮したのか、長兵衛が喉に手をやって苦しみ出した。枕元に手を伸ばした。新兵衛はそこにあった桶をとってやった。

その中に、長兵衛が血を吐いた。

新兵衛は立ち上がって、障子を開け、

「おとせさん」

と、呼んだ。

おとせと藤次郎が駆け込んで来た。

「おとっつぁん」

おとせが駆け寄り、長兵衛の背中をさすった。

「心配ない。もう、だいじょうぶだ」

長兵衛は手で、制した。

藤次郎が濡れた手拭いを持って来た。それを受け取り、おとせが血で汚れた長兵衛の口の周りや手を拭いてやった。

幸い、着物にはかからなかった。

「ありがとう。落ち着いた」

「もう、横になって」

おとせが言う。

「どうぞ横におなりください」

新兵衛も口をはさんだ。

さすがに苦しいのだろう、長兵衛は横になった。

が、すぐに、

「このひとと大事な話の最中なのだ。すまないが、このひとととふたりきりにしてもらいたい」

と、おとせに訴えた。

「わかりました」

血を吐いた桶と手拭いを持って、おとせと藤次郎が出て行った。

「いい娘さんだ。私には子どもはいないから、うらやましい」

新兵衛は正直な気持ちを吐露した。

長兵衛は目を閉じている。その目尻に涙が滲《にじ》んでいた。

闇太夫として、さんざんひとを殺し、金を盗んできた男が泣いている。

「頼む」

長兵衛が苦しそうな声を出した。

「おとせにはわしのことを黙っていてくれ」

「心配するな。決して気取られないようにする」

「わかった」

安心したように、長兵衛は呟き、

「桐山民右衛門の屋敷の中間部屋に、役者崩れの三吉がもぐり込んでいる。四つ（十時）に屋敷に火を放つ」

「四つか」

今はもうじき、五つ（八時）になろうとする頃だ。

「それから、その屋敷の近くの長屋に、彦五郎という男がいる。そいつも、ほぼ同時に長屋に火を放つ。念のためだ」

息苦しそうに、長兵衛は言う。

「あとは？」

新兵衛は急いだ。

「神田松永町に十蔵がいる」

お連の家があった相生町の隣だ。常に、用心して二重の構えをとっているのだ。

「本郷での火の延焼が弱かったら、十蔵が長屋に火を付ける。延焼したように見せかける」

だんだん、長兵衛の声が小さくなった。

新兵衛は口元に耳を持って行く。

「あと一つ、日本橋呉服《ごふく》町に弥八が……」

新兵衛は長兵衛の手を握って、

「よく、話してくれた。最後にもう一つ。手下が仕事を終えたあと、どこに集結することになっているのだ？」

長兵衛の目から大粒の涙が流れた。

手下を売ることの慚愧《ざんき》の涙か。

「利兵衛、どこだ？」

「深川猿江《さるえ》村の百姓家だ」

「よし、わかった。おとせさんとゆっくり過ごせ」

新兵衛は立ち上がった。

「長い時間、申し訳ありませんでした。どうぞ、お父さまをお大事になすって」

新兵衛はおとせと藤次郎に挨拶をして外に出た。

配下の者に、いっしょに来いと言うや否や、新兵衛は駆け出した。法恩寺橋を渡り、横川沿いから入江町の角を右に曲がって西に向かう。

走りながら、ひとりを本郷の青柳剣一郎のもとに、もうひとりを神田相生町に行かせた。相生町には植村京之進が張り込んでいるはずだ。

無警戒の日本橋呉服町に、新兵衛自身が向かう。

本所回向院前に近づいた頃、五つ（八時）の鐘が鳴り始めた。あと一刻（二時間）。

『駕籠竜』に飛び込み、駕籠を三丁手配した。

「日本橋呉服町だ。急げ」

新兵衛は駕籠かきに命じる。

威勢のいい掛け声と共に、駕籠は走り出した。だが、橋での向かい風はもの凄く、立ち往生し、なかなか前に進まなかった。

時は刻々と四つ（十時）に近づいていった。

八

あと四半刻（三十分）ほどで、四つになる。

すでに本郷一帯に、町火消や定火消などが待機し、さらに近くの加賀藩も大名火消が藩邸周辺を警戒している。さらに、南北の奉行所からも、火事場掛かり与力、同心が出動していた。

その後、桐山民右衛門の屋敷から何の動きもない。用人の佐山喜兵衛はほんとうに奉公人を調べたのだろうか。もし、うろんな男を見つけたら何か騒ぎがあるはずだ。

剣一郎は焦ってきた。

「青柳どの。殿が本妙寺にお着きになりました」

十人火消と呼ばれる十人の旗本の定火消のひとり、小山田郁太郎がようやく本拠としている本妙寺に入ったという。

知らせてくれたのは、さっき桐山の屋敷に使いに行った小山田郁太郎の配下の与力である。

剣一郎はすぐに本妙寺へ、小山田郁太郎に会いに行った。

途中、町家には町火消の連中が警戒に当たっている。

境内には、火事場装束に身を包んだ定火消の与力、同心や臥煙《がえん》と呼ばれる火消しの専門の渡り中間が集まっていた。

剣一郎は庫裏の座敷に上がり、火事羽織を着た小山田郁太郎に面会した。

「ご苦労である」

小山田郁太郎は恰幅《かっぷく》のよい、四十過ぎの武士である。

「どうだ、桐山の屋敷は？」

「それが、未だに何も言って来ません。猶予なりません。このまま、押しかけてみようと存じますが」

「うむ」

小山田は迷っている。

火消しは消火活動をするのである。予防のために、という権限はなかった。それに、確かな証拠もないのだ。

しかし、剣一郎は違う。火事を防がなければならない。

「このままでは取り返しのつかないことになってしまいます」

「よし」

小山田郁太郎は決断した。

剣一郎は小山田郁太郎の使者として桐山民右衛門の屋敷に向かった。

長屋門の前に立ち、潜り戸を叩いて門番を呼んだ。

物見窓から門番が顔を覗かせた。旗本小山田郁太郎の使者であると告げ、剣一郎は桐山民右衛門への面会を求めた。

風の吹きすさぶ門前でしばらく待たされ、やがて用人の佐山喜兵衛がやって来た。

「そなたは」

佐山喜兵衛は不機嫌そうな顔をした。

「小山田郁太郎さまの使者として参上いたしました」

「そなたが使者とは解せぬ」

佐山喜兵衛は冷たく言う。

剣一郎は周囲を眺めた。玄関まで石畳が続いている。

「奉公人のお調べはお済みになりましたか」

剣一郎はきいた。

「中間にきいたが、怪しい者は入り込んでいないということであった」

「確かですか」

「なに、疑うのか」

佐山喜兵衛は目を剝《む》いた。この男、誰かに似ていると思ったが、今わかった。奉行所の長谷川四郎兵衛に雰囲気が似ているのだ。

「いえ、おそらく金品で歓心を買ってもぐり込んでいるのでしょうから、中間が正直に話すとは限りませんが」

ふと、剣一郎はこめかみに鋭い視線を感じ、足軽や中間などの住む長屋にさっと顔を向けた。

　ふと、戸の隙間に男の顔が引っ込むのが見えた。

「佐山さま。ご無礼を失礼いたします」

　剣一郎は長屋に向かった。

　戸を開ける。

「何か御用で？」

　中間が声をかけた。

「今、ここに誰かいたはずだが」

「いえ、誰も」

「そなたが覗いていたと言うか。偽りを申すな」

「へえ」

　中間がしどろもどろになった。

「青柳どの。何をなさっておる」

　佐山喜兵衛が近寄って来た。

「今、確かに、胡乱《うろん》な男がおりました。改めさせていただいております」

「好きにせい」

うんざりしたように、佐山喜兵衛が言った。

剣一郎は中間部屋の端から戸を開けて各部屋を順次調べた。だが、怪しい男はいなかった。

「おまえたち、匿《かくま》うと同罪だぞ」

剣一郎は怒鳴った。

「いえ、何もあっしたちは」

「よいか。ここにもぐり込んでいるのは闇太夫と呼ばれる盗賊の一味だ」

「闇太夫」

中間のひとりが素《す》っ頓狂《とんきょう》な声を上げた。

「よいか、奴はこの屋敷に火を放つ目的でもぐり込んでいるのだ」

「まさか」

「青柳どの。いい加減にされよ」

佐山喜兵衛が口をはさんだ。

「早く、奴を見つけるのだ」

佐山喜兵衛の声を無視し、剣一郎は大声を張り上げた。

別の中間が、

「あっ、奴が」

と、指さして叫んだ。

そのほうを見ると、母屋の横を走って行く黒い影が見えた。

「あの者を捕まえるんだ」

剣一郎は叫んだ。

中間や小者たちが追った。やがて、母屋が騒がしくなった。と、思うと、急に辺りが明るくなった。

「あっ。なんだ、あれは」

佐山喜兵衛が叫んだ。

「火だ」

中間が悲鳴のような声を上げた。屋根の上に炎が吹き出た。

「しまった」

剣一郎は火の手の上がったほうに駆けた。

煙がもうもうと立ち込めている。奥方や女中たちの立ち騒ぐ声が聞こえた。周囲は赤く照らされ、素肌が熱くなった。

と、屋敷の外にも炎が上がるのが見えた。半鐘が鳴った。町家のほうだ。

はっと気づき、剣一郎は門まで引き返し、

「門を開けろ」

と、門番に怒鳴った。

表門が八の字に開くと、騎馬の与力に率いられた定火消の同心をはじめ臥煙《がえん》が大挙して屋敷内に躍り込んで来た。

水を被り、纏持ちと梯子持ちが消し口に向かった。与力・同心の指揮下、臥煙が鳶口で建物を壊しはじめた。纏持ちに向かって、龍吐水から水が放出される。さらに、池から桶に水を汲み、何人もの人間の手を伝って、龍吐水の水箱に水を補給していく。その統率された動きは見事であった。

逃げまどう奉公人たちでごった返していたが、定火消の別の同心が皆を風上の安全な場所に誘導している。

闇太夫の一味の男もこのどさくさに紛れて逃げ出したに違いない。

「逃げろ」

騎馬の与力が怒鳴った。次の瞬間、母屋の大屋根が轟音と共に焼け落ちた。

四方に散った火の粉が、剣一郎の足元にまで飛んで来た。長屋門にも火が付いた。

臥煙は怯むことなく火に立ち向かって行く。

剣一郎は屋敷を飛び出し、町家のほうに向かった。前方で、紅蓮の炎が上がっている。

「青柳さま。近くの長屋から出火しました」

岡っ引きが叫んだ。

逃げまどう長屋の住人、そして、一帯の武家屋敷からもひとが溢れ出し、大混乱に陥った。

奉行所の町火消人足改与力・同心も駆けつけ、消火の指揮をとっていた。風が火と炎を巻き上げた。炎は夜空を焦がしている。まだ燃えていない家がどんどん鳶の者によって壊されていく。

炎の迫る家の屋根に、纏持ちが纏を翻《ひるがえ》した。そこで火を食い止めるのだ。火消しが必死に消火活動をし、龍吐水の水が纏持ちに向かってかけられた。

空き地は避難者であふれていた。

「青柳さま、青柳さま」

絶叫が聞こえた。

「ここだ」

剣一郎は怒鳴った。

ひとをかき分け、薬の行商人の恰好をした男が転がるようにしてやって来た。

「あっ、青柳さま。作田さまからの言づけです」

話を聞き、剣一郎は歯嚙みをした。

この上、神田松永町と日本橋呉服町に同時に火を放たれたら大惨事になる。新兵衛、京之進、頼んだぞと叫んだ。

菊坂町から菊坂台町に出ると、そこまで火が移ってきそうな気配だった。だが、騎馬の侍が指揮をとり、加賀鳶の足軽連中が飛んで来る火の粉を払い、必死に延焼を食い止めている。

やがて、真横に激しくなびいていた炎が上向きに変わった。

気のせいか、炎の勢いが弱まっているような気がした。

(風が……)

風が収まってきている。

天佑《てんゆう》だ、と剣一郎は覚えず叫んだ。

時には張り合う仲なのに、町火消、定火消、それに加賀藩の火消しが協力しあって、消火に努めていた。

火の延焼は本妙寺の寸前で食い止めることが出来た。

しかし、その一帯は焼け野原だ。桐山民右衛門の屋敷も全焼し、その一帯の武家屋敷は灰燼《かいじん》に帰した。

それは奇蹟としかいいようがなかった。いや、火消したちの活躍があってのことだ。皆、万全の態勢を整えて消火活動に当たったのだ。ことに加賀藩の自慢の加賀鳶と呼ばれる派手な服装の鳶たちが、懸命の消火活動をしてくれた。

怪我人は出たが、焼死者がいなかったことも奇蹟だった。長屋の出火も、隣家の職人がすぐに気づいて騒いだので、住民は逃げ果《おお》せたのだ。

順次、松永町と呉服町からの報告が届いた。やはり、一味の者にはいち早く逃げられたが、火付けを未然に防ぐことが出来た。

新兵衛からの使いが来た。

「一味は深川猿江村の百姓家に集まる手筈だそうです。作田さまは一足先に行って、隠れ家を探しておくということでした」

「よし」

剣一郎は直ちにひとを集めた。

未明。剣一郎たちは船で小名木川を東に向かっていた。

植村京之進ら同心が四人。あとから来る船には、岡っ引きらが乗っていた。作田新兵衛はすでに深川猿江村に向かっていた。

まだ暗い川を滑るように船は行く。

新高橋を潜り、やがて五本松を通る。

上大島町の河岸に、作田新兵衛の姿が見えた。

近くの桟橋で船を下り、新兵衛の案内で猿江村に向かった。

「あそこです」

新兵衛が防風林の中にある百姓家を指さした。

ようやく東の空がしらじらとしてきた。

「皆、集まっています。明け方に、江戸を離れるようです」

家の周囲を固めさせ、剣一郎は入口に立った。

「よし。やれ」

小者がふたりで同時に戸を足蹴《あしげ》にした。大きな音がして、戸が倒れた。

何事かと、一味の者が飛び出して来た。

「あっ。おい、町方だ」

顎の長い男が叫んだ。

「顎十こと十蔵か」

剣一郎が言うと、十蔵は懐から匕首を抜いて襲って来た。

体をかわし、十蔵の手首を摑んでひねった。十蔵は一回転して地べたに叩きつけられた。そこを岡っ引きが取り押さえた。

家の中から怒声と悲鳴が上がった。京之進たちが踏み込んだのだ。

逃げていく男がいた。

「新兵衛。あそこだ」

新兵衛は追いかけた。

剣一郎の前に、痩せて、背の高い浪人者が現れた。

「二度目だな」

寺島村の隠れ家で襲って来た浪人だ。

浪人は無造作に抜刀した。

血に飢えた狼のように目がつり上がっている。もう周囲のことは目に入らなくなっているのだ。ただ、目の前の敵を倒す。そのことだけに一心になっている。

剣一郎は鯉口を切った。

右足を少し前に出し、浪人は上段に構えた。まるで、丸太を叩き切るような構えだ。

浪人が踏み込むや、飛び上がった。風を切って、剣を打ちおろした。

剣一郎の剣が鞘走《さやばし》った。

剣と剣がぶつかった。火花が散った。すぐに、両者は離れた。が、休む間もなく、浪人の剣が大きく弧を描いて襲ってきた。

剣一郎は身を沈め、下からすくい上げるように打ちおろされた剣を弾いた。相手の剣が跳ね上がった。

その一瞬、刀の峰を返して、剣一郎は踏み込んだ。相手の剣が頭上に打ちおろされる寸前に、剣一郎の剣が相手の胴を払った。

どどっと前のめりになって、浪人は倒れた。さっと、捕方が駆け寄り、浪人を押さえつけた。

振り返ると、新兵衛が逃げようとした男を捕まえて引っ立てて来た。

「あとは、役者崩れの三吉と弥八」

そのとき、悲鳴が上がった。

京之進が十手で、頰の削げた男の肩を叩きつけたところだった。

「あの男が弥八に違いありません」

新兵衛は言い、辺りを見回した。

ほとんどの者が捕らえられた。だが、一味の者を調べたものの、役者崩れの三吉がいない。

「誰も、この包囲から出て行った者はいません」

新兵衛が言う。

「どこかに隠れているはずだ」

剣一郎は母屋に入った。新兵衛も続く。

仏間、納戸を調べたが、隠れている者はいなかった。剣一郎は土間に戻った。

梯子段がある。残るは屋根裏部屋だ。

剣一郎が梯子段に手をかけようとすると、

「私が」

と、新兵衛が返事をきかずに上がって行った。

「用心しろ」

剣一郎は声をかけた。

突然、どさっという音がした。争う声。

「新兵衛、だいじょうぶか」

物陰に隠れていた三吉がいきなり飛び出して来たに違いない。

「屋根です」

新兵衛が怒鳴った。

剣一郎は土間から庭に飛び出した。

屋根の上で、ふたりの男がもみ合っていた。新兵衛と、三吉に違いない。

新兵衛が三吉を押さえ込んだ。と、屋根が激しく揺れた。新兵衛と三吉が屋根を転がった。

一斉にそのほうに駆けた。

ふたりが呻いていた。

「新兵衛、だいじょうぶか」

剣一郎は助け起こした。

「ええ、だいじょうぶです。足を打っただけです」

傍らで、役者崩れの三吉が呻いていた。

あとから応援も駆けつけ、闇太夫一味は引っ立てられて行った。

「新兵衛。よくやった」

剣一郎は新兵衛を讃えた。

「青柳さま、お願いがございます」

新兵衛が改まった。

「何か」

「闇太夫、いや、岡沢利兵衛のことでございます」

「うむ」

「このたび、大惨事が防げたのも岡沢利兵衛が最後に企みを明かしてくれたからでございます。今、利兵衛は病床におります。もはや、死期が迫っております。娘のおとせに看取らせたまま、死なせてやるわけにはまいりませんでしょうか」

「新兵衛。闇太夫は百人以上の何の罪もないひとたちを殺してきた男だ。その者たちの無念はどうなるのだ」

いや、それだけではないと、剣一郎は続けた。

「自分の配下を売ったのだ。かしら自らが裏切ったのだ。自分だけはお縄から助かるでは、あまりにも身勝手ではないか」

「はい」

新兵衛はうなだれた。

「それに、闇太夫を捕まえれば、おぬしの大手柄ではないか」

「いえ。私は手柄はいりません。ただ、あの者は娘おとせのおかげで最期に真人間になりました。おとせのためには素性を知らせず、このまま死なせてやりたいのです」

　剣一郎は東の空に目をやった。

　朝陽はすっかり上り、春の陽射しが柔らかい。

「岡沢利兵衛の命はあとどのくらいだ？」

「十日はないかと」

「わかった。十日、待とう。うまく言っておく」

「青柳さま」

「新兵衛。早く家に帰ってやれ。しばらく妻女と共に、疲れた体を癒すがよい」

　剣一郎は新兵衛の肩に手をかけた。

九

　その日の昼過ぎに、新兵衛は屋敷に戻った。

　初枝が迎えに出て来た。表情に明るさが戻っている。ここ数年、見たことのない顔だった。

「このたびのお働き、ごくろうさまでした」

訝しく、新兵衛は初枝の顔を見た。

「江戸を無事に救う、たいへんなお働きだったとか」

「そのこと、誰からきいた？」

「多恵さまからです」

「多恵さま？」

「青柳さまの奥様です」

「そなた、青柳さまの奥様をご存じなのか」

「はい。最近、毎日のように来ていただいておりました。多恵さまからいろいろな話を伺いました。私より年下なのに、ほんとうに素晴らしい御方ですね。多恵さまは」

「そうか、青柳さまか」

青柳剣一郎が、妻の病気のことを知って、ご妻女を遣わしてくれたのだと思った。

「私、あなたを誤解しておりました。あなたのお仕事を理解しておりませんでした。お許しください」

「それは違う。仕事の忙しさにかまけて、そなたを顧みなかった。私がいけないのだ」

「そんな」

初枝は顔を横に振った。

「じつは、三日間のお休みをいただいたのだ。どうだ、箱根《はこね》に湯治でも行かないか。青柳さまからもそう勧められている」

「私も多恵さまからそう勧められております」

ふたりは顔を見合わせて、どちらからともなく微笑んだ。

（青柳さま、ありがとうございます）

新兵衛は目を閉じ、心の内で感謝の言葉を述べた。


十日後、尾張町の小間物屋『藤次郎』の家に行くと、鯨幕が張られ、閉じられた入口の戸には忌中の張り紙があった。

剣一郎は家から出てきた弔問客らしい男に声をかけた。

「どなたが亡くなられたのか」

「はい。内儀《おかみ》さんのお父上でございます」

そうか。岡沢利兵衛は亡くなったのか。

「ずっと行方不明だったそうですが、娘に看取られて安らかな最期だったというお話でございました。では、失礼いたします」

とうとう、闇太夫が死んだか、と剣一郎は複雑な思いがした。

だが、新兵衛の言うように、娘には関係ないのだ。決して、父親が闇太夫だったことを知らせてはならない。

そう思いながら、その場を立ち去った。


屋敷に戻ると、客が待っていた。

客間に行くと、材木商の『飛騨屋』の主人惣五郎が待っていた。

「青柳さま。このたびのこと、どう御礼を申し上げてよいのかわかりませぬ」

飛騨屋は深々と頭を下げた。

「すると、買い占めた材木が捌《さば》けたか」

「はい。桐山さまのお屋敷だけでなく、本郷一帯の復興のために私どもの材木を優先的に使っていただけることになりました。これで、店を畳まずにすみます。これも、青柳さまがお骨折りくださいましたおかげ」

「いや。そなたが人助けした、その善行に対してのご褒美であろう」

何度も礼を言って、飛騨屋が引き上げたあと、多恵がやって来た。

「剣之助のことでございますが」

「何かわかったのか」

剣之助はずっと思い悩んでいるようだった。

「志乃という娘がお嫁に行くそうにございます」

「なに、志乃が？」

剣之助が惚《ほ》れた娘だ。

「そうか。それで落ち込んでいたのか」

志乃とのことはとうに終わったものと思っていたが、志乃が嫁に行くと聞いて、また恋情が萌したのか。

「それだけならよろしいのですが」

「他に何か？」

「剣之助が妙に思い詰めたような顔になっていることが気になるのです」

「まあ、これは剣之助が乗り越えねばならぬ試練だ。未練を断ち切ろうと必死に闘っているのであろう。これで剣之助もまた成長するはずだ。それはそうと」

剣一郎は思い出して言った。

「新兵衛の妻女のこと、よくやってくれた」

「ほんとうは明るい御方なのですよ、初枝さまは。でも、よございました」

「わしらも、箱根に湯治に行くか」

思いつきで言ったが、剣之助もるいも連れ、家族で旅をするのもいい。そう思うと、温泉に浸《つ》かっている自分を想像して楽しくなった。

「何かよいことでも」

「いや、行きたいのだ。湯治だ。行こう」

「まあ。子どもみたい」

手を口に当て、多恵がおかしそうに笑った。

一〇〇字書評

闇太夫

切・り・取・り・線

購買動機（新聞、雑誌名を記入するか、あるいは○をつけてください）

□（　　　　　　　　　　　　）の広告を見て	
□（　　　　　　　　　　　　）の書評を見て	
□ 知人のすすめで	□ タイトルに惹かれて
□ カバーが良かったから	□ 内容が面白そうだから
□ 好きな作家だから	□ 好きな分野の本だから

・最近、最も感銘を受けた作品名をお書き下さい

・あなたのお好きな作家名をお書き下さい

・その他、ご要望がありましたらお書き下さい

住所	〒				
氏名		職業		年齢	
Eメール	※携帯には配信できません	新刊情報等のメール配信を 希望する・しない			

この本の感想を、編集部までお寄せいただけたらありがたく存じます。今後の企画の参考にさせていただきます。Eメールでも結構です。

いただいた「一〇〇字書評」は、新聞・雑誌等に紹介させていただくことがあります。その場合はお礼として特製図書カードを差し上げます。

前ページの原稿用紙に書評をお書きの上、切り取り、左記までお送り下さい。宛先の住所は不要です。

なお、ご記入いただいたお名前、ご住所等は、書評紹介の事前了解、謝礼のお届けのためだけに利用し、そのほかの目的のために利用することはありません。

〒一〇一－八七〇一
祥伝社文庫編集長　坂口芳和
電話　〇三（三二六五）二〇八〇

祥伝社ホームページの「ブックレビュー」からも、書き込めます。
www.shodensha.co.jp/bookreview

祥伝社文庫

闇《やみ》太《だ》夫《ゆう》　風烈廻《ふうれつまわ》り与力《よりき》・青柳剣一郎《あおやぎけんいちろう》

平成20年2月20日　初版第1刷発行
令和3年5月15日　第7刷発行

著　者　小杉健治《こすぎけんじ》
発行者　辻　浩明
発行所　祥伝社《しょうでんしゃ》
東京都千代田区神田神保町3-3
〒101-8701
電話　03（3265）2081（販売部）
電話　03（3265）2080（編集部）
電話　03（3265）3622（業務部）
www.shodensha.co.jp

印刷所　堀内印刷
製本所　ナショナル製本

 ISBN978-4-396-33411-6 C0193

祥伝社文庫の好評既刊

小杉健治
札差殺し
風烈廻り与力・青柳剣一郎①

旗本の子女が立て続けに自死する事件が続くなか、富商が殺された。なぜ目撃者を二人の刺客が狙うのか？

小杉健治
火盗殺し
風烈廻り与力・青柳剣一郎②

江戸の町が業火に。火付け強盗を利用するさらなる悪党、利用される薄幸の人々のため、怒りの剣が吼える！

小杉健治
八丁堀殺し
風烈廻り与力・青柳剣一郎③

闇に悲鳴が轟《とどろ》く。剣一郎が駆けつけると、同僚が斬殺されていた。八丁堀を震撼させる与力殺しの幕開け…。

小杉健治
刺客殺し
風烈廻り与力・青柳剣一郎④

江戸で首をざっくり斬られた武士の死体が見つかる。それは絶命剣によるもの。同門の浦里左源太の技か!?

小杉健治
七福神殺し
風烈廻り与力・青柳剣一郎⑤

人を殺さず狙うのは悪徳商人、義賊「七福神」が次々と何者かの手に…。真相を追う剣一郎にも刺客が迫る。

小杉健治
夜《よ》烏《がらす》殺し
風烈廻り与力・青柳剣一郎⑥

冷酷無比の大盗賊・夜烏の十兵衛が、青柳剣一郎への復讐のため、江戸に戻ってきた。犯行予告の刻限が迫る！

祥伝社文庫の好評既刊

小杉健治
女形《おやま》殺し
風烈廻り与力・青柳剣一郎⑦
「おとっつあんは無実なんです」父の斬首刑は執行され、さらに兄にまで濡れ衣が…真相究明に剣一郎が奔走する！

小杉健治
目付殺し
風烈廻り与力・青柳剣一郎⑧
腕のたつ目付を屠った凄腕の殺し屋を追う、剣一郎配下の同心とその父の執念！　情と剣とで悪を断つ！

小杉健治
闇太夫《やみだゆう》
風烈廻り与力・青柳剣一郎⑨
百年前の明暦大火に匹敵する災厄が起こる？　誰かが途轍もないことを目論んでいる…危うし、八百八町！

小杉健治
待伏せ
風烈廻り与力・青柳剣一郎⑩
絶体絶命、江戸中を恐怖に陥れた殺し屋で、かつて風烈廻り与力青柳剣一郎が取り逃がした男との因縁の対決を描く！

小杉健治
まやかし
風烈廻り与力・青柳剣一郎⑪
市中に跋扈《ばっこ》する非道な押込み。探索命令を受けた青柳剣一郎が、盗賊団に利用された侍と結んだ約束とは？

小杉健治
子隠し舟
風烈廻り与力・青柳剣一郎⑫
江戸で頻発する子どもの拐かし。犯人捕縛へ〝三河万歳〟の太夫に目をつけた青柳剣一郎にも魔手が……。